KB267883

RUNNER
런너

FUSION FANTASTIC STORY

임영기 장편 소설

런너 5

임영기 장편 소설

초판 1쇄 찍은 날 § 2012년 4월 26일
초판 1쇄 펴낸 날 § 2012년 5월 3일

지은이 § 임영기
펴낸이 § 서경석

편집부장 § 권태완
편집 § 주소영
디자인 § 이혜정

펴낸곳 § 도서출판 청어람
등록번호 § 제1081-1-89호
등록일자 § 1999. 5. 31
어람번호 § 제1-1378호

주소 § 경기도 부천시 원미구 심곡2동 163-2 서경B/D 3F (우) 420—822
전화 § 032-656-4452 팩스 § 032-656-4453
http://www.chungeoram.com
E-mail § chungeoram@chungeoram.com

© 임영기, 2012

ISBN 978-89-251-2857-3 04810
ISBN 978-89-251-2789-7 (세트)

시공을 달리는 자

RUNNER

FUSION FANTASTIC STORY

임영기 장편 소설

런너

CONTENTS

제43장

북두칠성

RUNNER
런너

연달아는 새벽 5시쯤에 잠이 깼다.

밤새 아랑의 해괴한 손버릇 때문에 여러 번 깼으나 잠은 푹 잔 것 같다.

그런데 사람의 습관이랄까 감정 같은 것이 참 이상해서, 아랑의 그런 행동이 여러 차례 반복되고 또 오래 지속되니까 나중에는 자포자기하는 생각이 들면서 괜찮아졌다.

물론 아랑의 행동을 이해하는 것은 아니지만 잠버릇이 그런 것을 어떻게 하겠는가.

그가 새벽 5시에 잠이 깼을 때까지도 아랑의 손은 그의 잠옷 바지 속에 들어가 있었다.

그 말은 밤새 그렇게 있었다는 뜻이다. 그의 성기와 아랑의 손이 하나가 된 듯한 기분마저 들었다.

그래서 도대체 이 아이가 무슨 생각이나 이유로 이러는 것인가, 아무리 잠버릇이라고 해도 이유가 있을 것이라는 데 생각이 미쳤다.

하지만 잠이 깨자마자 그런 것을 골똘하게 생각하기에는 머리가 아직 개운하지 않았다.

연달아는 특별한 일이 없을 때에는 매일 새벽에 실시하는 정신 수양 공부를 시작했다.

그것은 그가 아주 어렸을 때부터 부친 이리가수미에게 배운 것인데, 그냥 누운 상태에서 머릿속의 모든 잡념을 지우고 무아지경에 빠지는 것이다.

별것 아닌 것 같아도 오랫동안 정신 수양 공부를 해온 덕분에 그는 육체뿐만 아니라 정신도 몹시 건강해졌다. 항상 맑은 정신 상태를 유지할 수 있는 것이다.

20분쯤 후에 연달아가 정신 수양 공부에서 깨어났을 때 아랑은 이미 일어나 있었다.

그녀는 누워 있는 연달아의 옆에 책상다리를 하고 앉아서 말끄러미 그를 바라보고 있었다.

헝클어진 머리에 눈곱까지 끼고 부스스했지만 그렇게 앉아 있는 모습이 마치 인형 같았다. 물론 그의 잠옷 바지에서 손을 뺀 상태다.

아랑은 눈을 뜬 연달아를 보며 미소를 지었다. 상큼하고 예쁘게 짓는 미소가 아니라 헤에 하는 '나는 무조건 오빠가 좋아' 라고 하는 미소다.

연달아가 일어나려고 이불을 걷자 얇은 잠옷 바지가 커다랗게 텐트를 치고 있었고, 아랑의 시선이 그곳으로 향했다.

평소 같으면 연달아는 쑥스러웠을 텐데 이상하게도 아무렇지 않았다. 아마도 아랑이 밤새 그의 그것을 잡고 잤기 때문일 것이다.

툭.

"산책 가자."

아랑이 손가락으로 그의 텐트의 윗부분을 가볍게 퉁기면서 속삭이고는 침대에서 폴짝 뛰어내렸다.

연달아는 고방아를 쳐다보았다. 그녀는 이불을 얼굴까지 뒤집어쓴 채 꼼짝도 하지 않고 깊은 잠에 빠져 있었다.

지난밤에 묵인자의 세 명의 가디언들과 수행자들을 완전히 전멸시켰다는 안도감으로 그녀는 맥주를 조금 많이 마셨고, 또 연달아가 전능자지검을 삽입시켜 주는 과정에서 꽤 힘이 들었던 모양이다.

쿠로카미 등과 수행자들이 모두 죽었으니까 어쨌든 이곳에서의 일은 끝났다.

아침 식사를 마친 후에는 개운하게 온천욕을 하고 이곳을 출발할 예정이니까 고방아를 조금 더 자게 놔두는 것도 나쁘지 않다고 생각했다.

연달아와 아랑은 부하들이 준비해 놓은 같은 종류의 트레이닝복을 입고 백암연수원을 나와 언덕 아래 마을로 나란히 손을 잡고 걸어 내려갔다.

"아아… 공기 좋다."

아랑은 심호흡을 하며 상쾌한 표정을 지었다.

"오빠, 나중에 우리 이런 곳에서 살자."

"그래."

연달아는 아랑의 유쾌한 모습을 보고 덩달아 기분이 좋아져서 빙그레 미소 지었다.

아랑은 생글생글 미소 지으면서 연달아의 손을 잡은 팔을 크게 흔들었다.

"오빠 닮은 예쁜 아기 낳아서 행복하게 살 거야."

"랑아."

그가 부르는데도 아랑은 그를 쳐다보지 않았다.

"솔직해져 봐. 오빠도 이젠 날 어린아이나 여동생으로 생각하지 않게 됐잖아."

"그건……."

"나는 오빠 사랑해. 죽을 만큼, 여동생이 아니라 한 명의 여자로서 말이야."

연달아는 곤란한 상황이라서 그냥 침묵을 지켰다.

그가 말을 하든 말든 아랑은 자기 할 말을 계속했다.

"오빠도 날 사랑하지? 여자로서 말이야."

연달아는 그것에 대해서는 진지하게 생각해 본 적이 없었는데 지금 잠시 생각해 보았다.

그의 상식은 고구려의 상식이다. 고구려에서는 남자와 여자 사이에는 아무런 장벽도 존재하지 않았다. 서로 사랑하면 한 몸이 되기도 하고 혼인도 할 수 있다. 심지어는 귀족과 평민의 사랑과 혼인도 비일비재했다.

그의 아버지 이리가수미도 여러 명의 부인과 그보다 곱절이나 많은 첩들이 있었다.

60세가 넘은 아버지가 아랑보다 어린 열네 살짜리 첩을 맞이해서 합방을 하는 것도 봤었다.

그의 부인들이나 첩들은 그것에 대해서 새 식구가 한 사람 늘었다고 반길 뿐이지 질투를 하거나 기분 나쁜 내색을 하지 않았다.

연달아는 아랑을 여동생으로 사랑했다. 하지만 그것과 그녀를 여자로서 사랑하는 것하고는 단지 종이 한 장의 차이일 뿐이다.

그녀가 여자로서 연달아를 사랑한다고 고백을 하고, 연달아가 그녀를 여자로 봤을 때도 여전히 사랑을 느낀다면 그만인 것이다.

단지 고방아하고의 연관관계가 있는데, 그것도 그녀가 허락만 한다면 아랑하고 아무런 문제 없이 한 몸이 될 수 있는 것이다.

고방아의 허락을 받으려는 것은 그녀를 존중하기 때문이지 그녀의 허락이 중요한 것은 아니다.

연달아가 고방아를 부인으로 맞이한 상태에서 그녀가 반대를 하더라도 그가 아랑을 사랑한다면 얼마든지 부인으로 맞이할 수 있다.

그 순서가 반대라도 상관없다. 즉, 아랑을 먼저 부인으로 삼고 그다음에 아랑의 허락을 얻어 고방아를 부인으로 맞는 것이다. 물론 아랑이 허락하지 않아도 고방아만 좋다면 언제든지 부인이 될 수 있다. 연달아의 고구려식 가치관과 상식으로는 그랬다.

연달아는 앞을 바라보며 묵묵히 걸어가고 있는 아랑의 옆모습을 쳐다보았다.

그러면서 자신이 아랑을 여동생이 아닌 여자로서 사랑할 수 있는지 생각해 보았다. 그리고 오래지 않아서 나온 결론은 그렇다는 것이다.

아랑은 마지막 물음 후 앞을 보고 걷기만 할 뿐 더 이상 묻지도 다른 말을 하지도 않았다.

그걸 보면 그녀가 작정을 하고 심각하게 물었다는 것을 짐작할 수가 있다.

만약 연달아가 '널 사랑하지 않는다' 라고 대답한다면 그녀는 마음의 큰 상처를 입을 것이다. 그녀는 그것을 각오하고 물은 것이다.

"그래. 나도 널 사랑한다."

연달아가 조용히 대답하자 아랑의 몸이 움찔하는 것과 그의 손을 잡은 그녀의 손에 꽉 힘이 들어가는 것을 느꼈다.

"여자로서?"

"그래, 여자로서."

아랑은 걸음을 멈추고 초롱초롱한 눈으로 연달아를 올려다보았다.

그녀는 가슴이 벅차서 터질 것 같았고, 할 말이 너무 많아서 아무 말도 하지 못했다.

이윽고 그녀는 다시 그의 손을 잡고 언덕길을 걸어 내려가며 자늑자늑한 목소리로 말했다.

"그날 기억나?"

"응? 언제?"

연달아도 조금씩 서울 말씨를 익혀가고 있다.

"오빠가 내 병 고쳐 줘서 내 생명을 구해주었던 그날."

"그래."

아랑의 눈빛이 아스라해지는 것을 연달아는 보지 못했다.

"나는 그날 그 순간에 오빠의 여자가 되기로 결심했었어."

연달아는 물끄러미 아랑을 굽어보았다. 어깨까지 내려오는 머리카락을 단정하게 뒤로 하나로 묶은 머리와 뽀얀 귓바퀴가 보였다.

"그날 오빠와 내가 알몸으로 서로 부둥켜안았을 때 나는 이미 오빠에게 순결을 바쳤다고 생각했어."

아랑이 그런 말을 하니까 연달아는 점점 더 그녀가 여자로 보였다.

"그러니까 오빠, 언제든지 내가 원할 때 날 오빠의 여자로 만들어줘."

연달아는 아랑이 너무 예뻐서 꽉 안아주고 싶었다. 그는 자신의 감정이 잘못이라는 생각이 추호도 들지 않았다. 귀엽고 예쁜 여자, 더구나 자신에게 절대적으로 맹종하는 여자에게 사랑을 느끼는 것은 지극히 당연한 일이기 때문이다.

"알았다."

"정말이지?"

아랑이 걸음을 멈추고 반짝이는 눈빛으로 그를 올려다보며 확인했다.

연달아는 두 손을 그녀의 양쪽 겨드랑이 아래에 넣고 어린 아이처럼 번쩍 들어 올려 그녀의 궁둥이를 오른팔에 얹고 걸음을 옮겼다.

"알았다고 했잖느냐."

아랑은 두 팔을 그의 목에 두르고 꼭 안으면서 바르르 진저리를 치듯 몸을 떨었다.

"후훗! 너무 행복해."

아랑의 행복이 연달아에게도 전해지는 것 같았다.

잠시 후에 두 사람은 큰길의 어느 좌판에서 직접 짠 칡즙을 파는 할머니에게서 커다란 컵으로 칡즙을 사서 마셨다.

아랑은 살짝 맛을 보더니 얼굴을 찡그리며 못 먹겠다고 도리질을 쳤다.

초콜릿이나 피자 따위만 먹던 그녀가 칡즙 같은 것이 입에 맞을 리가 없다.

그래도 연달아가 몸에 좋은 거니까 마시라고 하자 손으로 코를 잡고 끝까지 한 컵을 다 마셨다.

그런데 아랑이 할머니에게 돈을 치를 때였다.

"……!"

연달아는 갑자기 머리에 큰 바늘이 꽂힌 것처럼 아프고 심장이 미친 듯이 빠르게 뛰는 것을 느끼고 움찔 놀라며 가볍게 비틀거렸다.

"오빠, 왜 그래?"

그의 안색이 해쓱하고 또 비틀거리는 것을 보고 할머니에게 거스름돈을 받던 아랑이 놀라서 물었다.

그녀는 혹시 방금 그가 마신 칡즙이 잘못된 것이 아닌가 지레 겁을 먹고 할머니를 몰아세웠다.

"할머니! 정체가 뭐예요? 칡즙에 뭘 넣은 거예요?"

탁!

순간 연달아는 아랑을 번쩍 안더니 등에 업고 언덕 맨 위에 보이는 백암연수원을 향해 달리기 시작했다.

그는 직감적으로 고방아에게 무슨 일, 아니, 변고가 발생했다고 판단했다.

그렇지 않고는 평생 단 한 번도 없었던 방금 전 머리의 통증과 미칠 듯한 심장박동, 그리고 온몸의 피가 다 말라 버리는 것 같은 이 불안함은 뭐라고 설명할 길이 없다.

연달아의 등에 업힌 아랑은 아무 말도 하지 않았다. 하지만 그녀도 같은 것을 느끼고 있었다.

세상에서 연달아를 이렇게 불안하고도 다급하게 만들 수 있는 사람은 고방아 한 사람뿐인 것을 잘 알고 있다. 그녀에게 무슨 일이 생긴 것이 분명하다.

연달아는 아무도 없는 언덕길을 엄청난 속도로 달려, 아니, 쏘아 올라갔다.

하지만 그는 그게 너무 느렸다. 그래서 다른 방법을 찾아냈다. 한 번도 시도해 보지 않았던 공간이동이다.

스으. 팟!

질주하던 그와 아랑의 모습이 흐릿해지는 것 같더니 한순간 감쪽같이 사라졌다.

스으.

언덕길에서 사라졌던 연달아와 아랑은 백암연수원 9층에 니타났다.

사라진 것과 동시에 벌어진 일이다. 더구나 그가 사라졌던 장소에서 이곳까지의 거리는 500미터도 넘었다.

915호 방문 앞을 쳐다보는 순간 연달아는 이미 일이 벌어졌음을 감지했다.

방문 앞에 지키고 있어야 할 여황호위군 두 명의 정요원 모습이 보이지 않았다.

연달아와 아랑이 방을 나올 때는 방문 앞에 군왕호위군과 알파정군 정요원 두 명씩 도합 여섯 명이 지키고 있었다. 그런데 연달아와 아랑이 산책을 나가자 네 명은 그들을 뒤따랐던 것이다.

그렇다고 해서 고방아를 여황호위군 단 두 명이 지키고 있는 것은 아니었다.

방문 밖에 두 명, 옥상에서 두 명이 창문을 경계하고, 옥외 경계 네 명, 도합 여덟 명이다.

그런데 여황호위군 대장 조형구나 다른 정요원들에게서는 아직 아무런 반응도 없다.

고방아의 변고를 아직까지 모르고 있거나, 천만다행으로 고방아에게 아무 일도 일어나지 않았다는 것이다. 하지만 방문 앞에 의당 지키고 있어야 할 두 명이 보이지 않는다는 것은 불길하기 짝이 없다.

연달아는 문을 열고 들어갔다. 문이 잠겨 있지 않다. 그가 나올 때 분명히 잠근 것을 확인했었다.

순간 확! 하고 짙은 피 냄새가 풍겼다. 그리고 같은 순간 연달아는 거실 바닥에 두 명의 정장 사내가 쓰러져 있는 것을 발견했다.

그리고 그들이 조금 전까지 방문 앞을 지키고 있던 여황호위군 두 명의 정요원이라는 사실을 알았다.

한 명은 엎어지고 한 명은 누운 자세였는데, 누워 있는 정요원의 왼쪽 가슴에 구멍이 뻥 뚫렸고 그곳에서 흘러나온 피가 그의 몸을 타고 아래로 흘러내려 바닥에 흥건하게 고여 있었다.

엎어져 죽은 정요원의 몸 아래에서도 다량의 피가 흘러나온 것이 보였다.

짙은 피 냄새는 그들이 흘린 피였다. 연달아에겐 너무나 익숙한 피 냄새다.

누군가 침입자가 이들을 실내로 끌고 들어와서 살해한 것이 분명했다.

연달아는 방 안으로 들어와 두 명의 시체를 보고서도 멈추지 않았다.

휙!

슬쩍 곁눈질로 보고는 즉시 침실로 향했다. 그러면서 그는 고방아의 숨소리가 감지되지 않는 것을 깨달았다.

침실로 들어온 연달아는 고방아가 똑바로 누운 자세로 이불을 목까지 덮고 있는 것을 발견했다.

아무런 표정도 없는 그녀의 얼굴은 얼핏 보면 고요히 잠들어 있는 것 같다.

하지만 수많은 전장에서 이루 헤아릴 수조차 없는 주검들을 봐왔던 연달아는 고방아의 얼굴이 이미 사자(死者)의 그것이라는 것을 보는 순간 깨달았다.

엄청난 폭음을 내면서 하늘이 무너지는 듯한 충격이 그를 휩쓸었다.

덜덜 떨리는 손으로 이불을 잡고 천천히 젖혔다. 아랑은 그의 등에 업힌 채 궁둥이를 들고 그의 어깨 너머로 눈을 동그랗게 뜨고 지켜보았다.

그녀의 심장이 미친 듯이 뛰고 있는 것이 연달아의 등으로 전해졌다.

연달아는 이불을 절반만 걷다가 손을 멈췄다. 더 이상 걷을 필요가 없었다.

이불은 고방아의 허리까지 걷어져 있지만, 그녀를 죽게 만든 상황은 그 위쪽에서 벌어져 있었다.

고방아는 반듯하게 누워 있으며 두 손을 모아 풍만한 가슴에 얹은 편안한 모습이다.

그런데 그녀의 목이 몸에서 10㎝ 정도 분리되어 있었다. 날카로운 그 무엇에 목이 단숨에 잘려서 얼굴 표정을 바꿀 사이도, 고통을 느낄 겨를도 없이 잠을 자다가 숨이 끊어진 것이다.

연달아는 어금니를 있는 힘껏 악물고 두 눈이 찢어질 듯이 부릅뜬 채 고방아를 쏘아보았다.

너무 충격을 받고 분노한 탓에 아예 그 한계치를 넘어버린 것 같았다.

그는 도대체 지금 자신이 무엇을 해야 할는지 아무것도 생각나지 않았다. 그리고 고방아의 죽음을 믿지도 받아들이지도 못하고 있었다.

"어… 언니……."

아랑이 바들바들 떨면서 중얼거리자 연달아는 번쩍 정신을 차렸다.

파아!

그 순간 갑자기 샤워기를 세게 튼 것 같은 소리가 실내를 가득 메웠다.

연달아와 아랑은 그 소리가 머리 위에서 들리는 것을 깨닫고 급히 위를 쳐다보았다.

연달아와 아랑을 향해서 소나기가 쏟아지고 있었다. 그런데 빗방울의 소나기가 아니다.

그것은 바늘보다 더 가느다란 미세하면서도 검은 실 같은 것 수백 개가 일직선으로 연달아와 아랑을 향해서 엄청난 속도로 쏟아져 내리는 것이었다.

그리고 소나기 위쪽 천장에 누군가 팔다리를 활짝 펼친 자세로 아래를 보면서 찰싹 달라붙어 있는 모습이 보였다.

거의 벌거벗은 것이나 다름없는 천 조각을 겨우 걸친 채 커다란 유방을 축 늘어뜨리고 있는 하나요메였다.

그녀의 긴 머리카락이 아래로 늘어져 있는데, 지금 소나기처럼 쏟아져 내리고 있는 것들은 그녀가 머리카락 수백 개를 뽑아서 무기처럼 날린 것이다. 그것에 찔리면 고슴도치처럼 돼버리고 말 것이다.

그런데 연달아가 반격을 취하기도 전에 아랑이 먼저 행동했다. 그녀는 천장에 달라붙어 있는 여자가 고방아를 죽였을 것이라 단정하고 그녀를 노려보면서 악을 쓰듯이 큰소리로 외쳤다.

"죽어라!"

그 순간 놀라운 일이 벌어졌다.

쏟아지고 있는 머리카락의 소나기가 태풍을 만난 듯 갑자기 위로 방향을 바꾸는 것과 동시에 하나요메가 붙어 있는 천장이 위로 움푹 꺼지는 것 같더니 천장 한가운데가 뻥 뚫려버렸다.

푸아악!

천장에는 직경 2미터 정도의 큰 구멍이 뻥 뚫려서 하늘이 보였으며 하나요메의 모습은 보이지 않았다. 떨어져 나간 천장과 한 덩이가 되어 날아간 것이다.

그때 방문이 열리고 조형구와 장철환, 하은중, 그리고 정요원들이 안으로 와르르 들어왔다.

그리고 뻥 뚫린 천장 위에서 두 명의 정요원이 놀란 얼굴로 침실을 내려다보았다.

"여황 폐하!"

조형구 등은 고방아의 죽은 모습을 발견하고 처절하게 울부짖었다.

실내에는 죽은 고방아와 연달아, 아랑, 하은중만 남아 있는데 그들은 더없는 비통함에 빠졌다.

조형구와 장철환은 하나요메와 혹시 더 있을지도 모르는 침입자를 잡으러 부하들을 이끌고 달려나갔다.

21세기 고구려 제국의 황통(皇統)을 이을 사람은 보장태왕과 고방아뿐이다.

그런데 보장태왕은 이미 이리가수미와 연정토에게 고방아를 여황으로 임명하겠다고 선언하고는 고구려로 떠났다.

그 여황인 고방아가 죽었다. 즉, 황통이 끊어진 것이다. 이제는 21세기에 고구려 제국을 세운다고 해도 황위에 오를 사람이 없다.

보장태왕이 무사히 돌아와 준다면 다행한 일이지만, 현재로선 그럴 가능성이 없다.

설혹 그렇더라도 한 번 딸에게 양위한 황제의 지위에 그가 다시 앉을 수는 없는 일이다. 그런 일은 동서고금을 막론하고 전무하다.

아니다. 아랑이 있다. 그녀도 보장태왕의 적통(嫡統)을 이어받은 엄연한 공주, 즉 청명공주가 아닌가.

하지만 누가 황제가 되든, 연달아에겐 중요한 일이 아니다. 고방아가 죽음으로써 그는 자신이 존재해야 할 의미를 잃어버렸다.

아랑의 염력에 의해서 천장이 뻥 뚫리면서 떨어져 나간 둥근 형태의 콘크리트는 본관 건물 앞 주차장의 단단한 아스팔트 바닥에 떨어졌다.

하지만 거기에는 하나요메가 없었다. 떨어져 나간 콘크리트 아래에 붙어 있던 그녀는 날려가는 사이에 어디론가 감쪽같이 사라져 버렸다.

아랑은 여전히 연달아의 등에 업혀 있었다. 너무 충격을 받아서 내릴 생각을 하지 못했다. 연달아도 등에 아랑이 업혀 있다는 사실을 모르는 것 같았다.

아랑은 계속 울고 있다. 눈물이 철철 흘러서 연달아의 등을 흠뻑 적셨다. 그런데도 눈물이 그치지 않았다.

그녀는 연달아에게 산책을 가자고 했던 것이 너무나 후회스러웠다.

그러지 않았으면, 그래서 연달아가 이곳에 있었으면 고방아가 죽는 일 따윈 절대로 일어나지 않았을 것이다.

아랑은 연달아가 침대 옆에 우뚝 선 채 꼼짝도 하지 않고 고방아를 쏘아보면서 몸을 부들부들 떨고 있는 것을 보면서 가슴이 천 갈래 만 갈래로 찢어지는 것처럼 괴로웠다.

그녀는 언니의 죽음보다도 연달아의 슬픔 때문에 더욱 견딜 수가 없었다.

아랑은 이 일이 진짜 현실에서 일어난 것 같지가 않았다. 꿈을 꾸는 것만 같았다.

'아아… 이 끔찍한 일을 되돌릴 수만 있다면.'

그녀는 흐느껴 울다가 움찔했다. 방금 자기가 속으로 중얼거렸던 말 중에서 뭔가 떠올랐다. 순간 그녀는 연달아의 어깨를 잡고 마구 흔들면서 외쳤다.

"오빠! 방아 언니가 죽기 전으로 돌아가! 오빠는 그럴 수 있잖아! 어서!"

연달아의 눈이 흠칫 커졌다. 절망의 구렁텅이 속에서 갑자기 희망이 생겼다.

'그래! 그 방법이면……'

그러나 그는 곧 암담한 표정을 지었다. 과거로 어떻게 돌아가는지 방법을 모르기 때문이다.

그가 처음 조선시대로 시공을 초월했을 때에는 정옥군이 좌표를 정해주었다.

즉, 조선시대에 있는 정옥군이 북두칠성을 자신의 머리 위로 끌어와 주었기에 가능했었다.

현재로 돌아올 때는 을지은한이 좌표를 정해주었다. 그녀는 육십사괘를 좌표로 삼았다. 그러나 뭐가 잘못됐는지 떠날 때보다 한 달 후가 되어 있었다.

'내가 능동적으로 시공을 넘나들 때는 북두칠성이 좌표가 되어준다. 그러므로 북두칠성을 끌어오면 가능하다.'

알파정군 대장 하은중은 '과거로 돌아간다'는 말에 바짝 긴장하여 연달아를 주시하고 있었다.

그런데 무슨 생각이 났는지 연달아는 고개를 가로저었다.

'그게 아니다! 북두칠성은 내 것이다!'

그는 큰 깨달음을 얻고 있었다. 고방아가 죽기 전으로 돌아가라는 아랑의 말을 듣고 하나에서 열을, 아니, 그보다 더 크고 많은 것들을 깨닫고 있는 것이다.

그는 자신이 어째서 무한런너로 선택받았는지, 어째서 일곱 명의 수호자들이 북두칠성인지, 또 그들 중에 여섯 명을 어떻게 해서 북두칠성으로 찾아냈는지 그 이유를 깨달은 것이다.

'내가 바로 북두칠성이다!'

그는 눈을 똑바로 뜨고 정면을 주시했다. 두 눈에서는 맑은 눈빛이 흘러나오고 있었다. 아마 북두칠성의 별빛이 그의 눈빛 같을 것이다.

‘그러므로 내가 어디든 가고자 한다면 나의 의지에 따라서 그곳에 북두칠성이 존재할 것이다.’

나침반이 없는 시절의 사람들은 북두칠성과 북극성을 보고 가야 할 방향을 알았다.

아무리 과학이 발달하여 우주선을 쏘아올리고 첨단기계와 첨단시계가 만들어졌어도 북두칠성과 북극성의 위치는 변함이 없다.

“꼭 잡아라, 랑아.”

연달아가 나직이 중얼거리자 아랑은 그가 마침내 과거로의 시공초월을 시도할 것이라고 생각했다.

그녀는 두 팔과 두 다리로 그의 온몸을 옥죄고 다부지게 말했다.

“나는 준비됐어. 오빠.”

스우우.

그녀외 말이 끝나기 무섭게 연달아와 아랑에게서 은은한 빛이 흘러나왔다.

아니, 흘러나왔다고 여긴 순간 그 빛은 쳐다볼 수조차 없을 정도로 눈부시게 변했다.

팟!

그리고는 찰나지간에 빛이 흔적도 없이 사라져 버렸다. 하지만 사라진 것은 빛만이 아니다. 연달아와 아랑의 모습도 감쪽같이 사라졌다.
　하은중은 자신의 눈앞에서 벌어진 경이로운 광경에 경탄
을 금치 못했다.
　“아아… 과연 군왕이시다.”

제44장

마이크로칩

RUNNER
런너

철컥!

915호에서 연달아와 아랑이 나오자 방문 앞을 지키고 있던 두 명의 여황호위군 중 한 명이 밖에서 방문을 잠갔다.

아랑은 그 광경을 물끄러미 지켜보면서 눈을 깜빡거리다가 연달아의 팔을 잡고 깡충거리며 외쳤다.

"왔어! 오빠! 성공이야!"

'조용해라.'

연달아는 슬쩍 복도의 양쪽을 경계하면서 아랑에게 정신으로 주의를 주었다.

연달아와 아랑은 정확하게 40분 전 과거로 돌아왔다. 두 사람이 산책을 하려고 트레이닝복을 입고 막 방문을 나서고 있던 때다.

연달아는 고방아의 죽음 앞에서 이 시점으로 돌아가겠다고 마음먹고 시도했는데 정확하게 성공했다. 그의 깨달음이 맞았다. 그 자신이 북두칠성이었다.

연달아는 두 명의 정요원에게 태연하게 말했다.

"너희는 그만 가서 쉬어라."

그러고 나서 정신으로 메시지를 보냈다.

'모두 모습을 드러내지 말고 은밀하게 숨어서 지켜봐라. 9층에 침입자가 있으면 막지 말고 그대로 들여보내라.'

두 명의 정요원은 공손히 허리를 굽히고 물러갔다.

연달아는 감각을 극한으로 끌어 올려 9층 내의 동향을 감지하기 시작했다.

그때 그의 감각의 그물에 뭔가 걸려들었다. 9층에 있는 정요원들이나 객실에 투숙해 있는 사람들의 호흡은 보통 사람들의 그것인데, 그렇지 않은 기척이 하나 있었다.

그것은 호흡을 하지 않았다. 숨을 참고 있는 것이다. 그러나 심장박동까지 멈추지는 못했다. 그리고 체내의 장기들이 움직이는 소리도 제어하지 못했다. 연달아는 그것을 감지해 낸 것이다.

그는 아랑에게 슬쩍 옆방, 즉 914호를 턱으로 가리켰다. 그곳에 하나요메가 있다는 뜻이다.

아마 그녀는 공간이동의 능력을 발휘해서 여러 개의 방을 통과해서 914호에 도달했을 것이다. 그리고는 마지막으로 915호에 잠입할 터이다.

914호 방문을 쏘아보는 아랑의 두 눈에서 싸늘한 독기가 뿜어졌다. 당장 쳐들어가서 하나요메를 죽이겠다는 결의가 엿보였다.

'랑아, 하나요메는 공간이동과 공간조작, 시차조작을 한다니까 섣불리 덮쳤다가는 놓친다.'

연달아가 그렇게 정신으로 일러주고 턱으로 엘리베이터를 가리키자 아랑은 그의 손을 잡고 그쪽을 향해 걸어가면서 짐짓 명랑하게 종알거렸다.

"오빠, 우리 저 아래 거리에 가서 맛있는 것 사먹을까?"

"그러자."

땡—

엘리베이터가 도착했다. 그리고 연달아와 아랑이 엘리베이터에 탈 때까지도 하나요메가 914호에 있는 것을 연달아는 확인했다.

필경 엘리베이터가 닫히고 아래로 하강하면 하나요메가 915호로 공간이동을 할 것이다.

웅─

아랑이 1층 버튼을 누르자 엘리베이터가 묵직하게 하강을
시작했다.

순간 연달아는 아랑의 손을 잡고 전능과 의지를 일으켜서
공간이동을 시도했다.

팟!

다음 순간 두 사람의 모습은 엘리베이터 안에서 감쪽같이
사라졌다.

연달아와 아랑이 다시 나타난 곳은 915호 고방아가 잠들어
있는 침실이다.

두 사람은 침실 입구 안쪽 벽을 등지고 추호의 기척도 없이
나타났다.

그 순간 두 사람은 침대에 자고 있는 고방아 옆에 하나요메
가 서 있는 뒷모습을 발견했다.

연달아와 아랑이 엘리베이터가 작동하자마자 공간이동을
했는데 하나요메는 그보다 빨리 914호에서 이곳으로 공간이
동을 한 것이다.

그렇다면 그녀는 연달아와 아랑이 엘리베이터에 타는 순
간 공간이동을 한 것이 분명했다.

하나요메는 연달아와 아랑이 등 뒤에 나타난 것을 아직 모

르고 있다.

지금 그녀의 긴 머리카락이 살아 있는 것처럼 꿈틀거리면서 누워 있는 고방아를 향하고 있는 중이다. 그녀는 저 머리카락으로 고방아의 목을 감아서 잘랐을 것이다. 그러나 이제는 그러지 못할 것이다.

연달아는 하나요메가 지니고 있는 몇 가지 능력을 부리지 못하게 미리 차단했다.

즉, 보이지 않는 전능의 장막을 침실 안에 쳤다. 처음 시도하는 것이고, 또 실험해 보지는 않았지만, 하나요메가 공간이동이나 시차조작 같은 것으로 그 전능의 장막을 뚫지는 못할 것이라고 확신했다.

하나요메의 머리카락이 고방아의 목에 닿기 직전인 것을 보고 아랑은 조급했다.

하지만 연달아를 믿기 때문에 그의 옆에 서서 숨을 죽인 채 상황을 지켜보았다.

그때 연달아가 마치 공간이동을 하듯이 혼자서 하나요메 뒤로 기척없이 다가갔다. 이어서 오른손을 뻗어 그녀의 목을 거세게 움켜잡았다.

콱!

"끅!"

고방아의 목에 닿았던 하나요메의 머리카락이 뚝 멈췄다.

스으.

연달아는 그녀의 목을 잡은 상태에서 힘을 주며 우뚝 선 채 스르르 옆으로 미끄러져 침대를 벗어났다. 되도록 고방아에게서 멀리 떨어져서 그녀에게 피해가 가지 않도록 하려는 것이다.

획!

그때 하나요메의 몸 전체가 획 돌아섰다. 연달아의 커다란 손에 가느다란 목이 잡혀 있는 상태에서 얼굴과 몸이 순식간에 위치를 바꾸어 연달아의 쪽을 향한 것이다.

퍼퍼퍼퍽!

그리고는 그녀의 모든 머리카락이 연달아의 얼굴과 온몸을 꿰뚫었다.

그뿐 아니라 그녀가 두 손을 쭉 뻗자 각각 연달아의 목과 심장으로 쑤셔 박혔다.

"오빠!"

아랑이 혼비백산해서 비명을 터뜨렸다.

"뭐야?"

그 바람에 고방아가 놀라서 벌떡 상체를 일으켰다.

그녀는 침실에서 벌어지고 있는 뜻하지 않은 상황에 눈이 휘둥그레졌다.

"뭐야, 저건?"

그러다가 하나요메의 머리카락이 연달아의 온몸을 꿰뚫었으며, 또 그녀의 두 손이 그의 심장과 목에 쑤셔 박혀 있는 것을 발견하고는 경악해서 침대 아래로 뛰어내리며 발작적으로 소리쳤다.

"달아!"

아랑은 연달아의 뒤쪽에 서 있기 때문에 그의 목과 등 뒤로 하나요메의 손이 손목까지 튀어나와 있는 것과 수많은 머리카락들이 그의 온몸을 뚫고 삐져나와 있는 것을 똑똑히 보고 있었다.

연달아가 얼마나 세게 움켜잡았는지 하나요메의 목은 손목 굵기가 되었다. 그런데도 그녀는 그 상태에서 연달아를 공격한 것이다.

그녀의 쩍 벌어진 입에서 침과 피가 흘러내렸고, 두 눈은 금방이라도 튀어나올 듯했다.

그런데 그녀의 눈에 당황함이 어렸다. 그녀는 지금 연달아의 몸에서 두 손과 머리카락을 빼는 것과 동시에 공간이동을 시도하고 있는데 아무런 반응이 없는 것이다.

그녀는 자기가 연달아를 죽였다고 확신했다. 여황 대신 무한런녀를 죽였으니 오히려 더 잘됐다는 생각에 도망치려고 했는데 그것이 무산됐다.

고방아는 어느새 양손에 시그자우어와 USP를 쥐고 하나요메 옆에 서서 그녀의 머리통과 몸통을 겨누었다.

"이년!"

"그만둬라, 방아."

그런데 연달아가 조용한 목소리로 그녀를 제지했다.

그리고 놀라운 일이 벌어졌다. 연달아의 몸에 박혀 있던 하나요메의 두 손과 머리카락이 저절로 스르르 그녀 쪽으로 뽑히기 시작한 것이다.

잠시 후에 하나요메는 두 팔을 늘어뜨리고 무릎까지 닿는 머리카락을 축 늘어뜨린 채 두 발이 바닥에서 30㎝쯤 떠 있는 상태가 되었다.

그리고 하나요메의 두 손과 머리카락이 뽑힌 연달아의 목과 심장, 온몸에는 티끌만 한 흔적도 남아 있지 않았다. 그가 입고 있는 트레이닝복조차 깨끗했다.

연달아는 전능을 발휘하여 하나요메의 가디언으로서의 모든 능력을 제거해 버렸다.

그리고는 아무렇지도 않게 바닥에 휙 집어 던졌다.

쿵!

"악!"

방바닥에 널브러진 하나요메는 연약한 여자의 뾰족한 비명 소리를 터뜨렸다.

가디언으로서 살아온 그녀는 지금 같은 비명을 한 번도 질러본 적이 없었을 것이다.

"어떻게 된 거야? 이년이 달아를 공격한 거야?"

고방아는 바닥에 누운 자세로 팔다리를 벌리고 힘없이 늘어져 있는 하나요메의 옆구리를 발끝으로 툭툭 찼다.

"방아 언니를 공격한 거야. 그걸 오빠가 제지한 거지."

"이년이 누굴 죽이려고 들어?"

고방아는 험악한 얼굴로 소음기가 부착된 USP 총신을 하나요메의 입속에 쑤셔 넣었다.

"너 어디 한번 은탄 아가리에 처맞고 죽어봐라."

하나요메의 피투성이 얼굴에는 공포가 가득 떠올랐다. 가디언으로서의 능력이 모두 사라진 그녀는 그저 평범한 여자가 되어 조금 전에 연달아가 목을 움켜잡았을 때까지만 해도 느끼지 못했던 공포에 몸을 바들바들 떨었다.

연달아는 하나요메의 발치에 서 있고 또 그녀가 다리를 활짝 벌리고 있기 때문에 사타구니 깊숙한 은밀한 부위가 훤하게 보였다.

그리고 그녀가 몸을 떠는 바람에 투실투실한 젖가슴이 파도처럼 마구 출렁거렸다.

일본 최고의 톱스타이며 묵인자의 열아홉 번째 딸인 금산공주 하나요메는 이렇게 제압되었다.

아까 연달아는 914호에 하나요메가 숨어 있는 것을 감지했었다.

그는 그때 느꼈던 미묘한 기운이 묵인자의 가디언이나 수행자들의 기척이라고 판단했다.

연달아와 고방아, 아랑이 직접 백암연수원 안팎을 샅샅이 조사했고, 또 연달아가 가디언이나 수행자의 기척을 감지하려고 해봤으나 더 이상 그런 느낌은 감지되지 않았다.

연달아는 여자 정요원에게 하나요메를 씻기고 상처를 치료해 주라고 지시했다.

하나요메를 다물 본부로 데려가서 심문을 할 생각이다. 운이 좋으면 텐쵸오에게서 알아내지 못한 중요한 내용들을 더 알아낼 수도 있을 터이다.

백암연수원 일층 식당 VIP룸에 연달아 등이 모여서 식사를 하고 있다.

그는 그 자리에 장철환과 조형구, 하은중도 함께 식사를 하도록 했다.

어젯밤에도 연달아는 그들 세 명과 함께 맥주를 마셨다. 그는 그런 상황을 일회성으로 끝내지 않고 특별한 일이 없는 한 지속해 나갈 생각이다.

군왕호위군이나 여황호위군, 알파정군은 다물 내에서도

가장 중요한 조직이다.

　그러므로 그 조직의 대장들과 가깝게 지내는 것은 여러 면에서 좋은 일이다.

　그렇다고 뭔가 이득을 얻자고 그러는 것은 아니다. 서로 친밀감과 유대감을 갖자는 단순한 이유다.

　당연한 일이지만 장철환과 조형구, 하은중은 고방아가 살해당했었다는 사실을 전혀 모르고 있었다.

　알파정군 대장 하은중은 자기 눈앞에서 연달아와 아랑이 시공을 초월하여 과거로 가버렸는데도 기억을 못했다. 아니, 고방아의 죽음 자체가 일어나지 않은 일이기 때문에 하은중에겐 그런 일이 없었던 것이다.

　연달아가 아랑에게 그러라고 시킨 것도 아닌데 그녀는 고방아에게 아무 말도 하지 않았다.

　장철환 등에게는 그렇다고 해도 고방아에게까지 말하지 않는 것은 조금 아랑답지 않은 면모였다. 그녀는 연달아가 생각했던 것보다 사려가 깊었다.

　식사 후에 잠시 휴식을 취했다가 연달아는 지하의 온천으로 내려갔다.

　어제 생전 처음으로 온천욕을 해봤는데 피로가 싹 풀리는 것이 아주 최고였다.

　더구나 그는 새벽부터 고방아의 죽음 때문에 거의 혼이 달아날 정도로 놀랐었기 때문에 뜨거운 온천물에 몸을 담그고 잠시 휴식을 취하고 싶은 마음이 간절했다.
　고방아는 일층 휴게실에서 커피나 마시면서 쉬겠다고 했다가 아랑에게 눈총을 받으면서 강제로 끌려왔다.
　"언니는 항상 오빠의 시선이 닿는 곳에만 있어. 알았어?"
　아랑이 정색을 하고 꾸짖듯이 말하자 고방아는 아무 대꾸도 하지 못했다.
　아랑이 그러는 것을 처음 봤기 때문에 나름 존중해 주고 싶은 마음이 생겼다.
　그러나 연달아가 온천탕에 먼저 들어간 후에 아랑이 고방아에게 옷을 벗고 함께 들어가자고 하는 것까지는 들어줄 마음이 없었다.
　아랑은 탈의실에서 그녀를 바라보며 진지하고도 애원 어린 표정을 지었다.
　"언니, 내 소원이야. 같이 들어가자. 응?"
　"랑아."
　"아무 소리 말고 그냥 들어가자. 그럼 다른 것은 언니가 하자는 대로 다 할게."
　"너……."
　고방아는 자기보다 15㎝는 더 작은 아랑이 올려다보면서 금방이라도 울 것 같은 표정을 짓자 가볍게 움찔했다.

"랑아, 무슨 일 있었니?"

"무슨 일은… 그냥 오빠 시선 밖에 있지만 말아줘. 내가 원하는 것은 그것뿐이야."

고방아는 뿌연 유리창을 바라보았다. 그 안쪽에서 연달아가 온천탕에 몸을 담그고 있을 것이다. 그런데 그녀가 알몸으로 걸어 들어가야 한다고 생각하자 온몸에 수천 마리 벌레가 기어다니는 것 같았다.

하지만 그녀는 끝내 아랑의 간곡한 부탁을 뿌리치지 못했다.

연달아는 유리창 입구 쪽을 향해 탕 속에 앉아 있었지만, 정말 다행스럽게도 지그시 눈을 감고 있는 모습이었다.

그리고 고방아와 아랑이 탕 속에 들어갈 때까지도 내내 눈을 감고 있었다. 고방아는 그것이 자신을 위한 그의 배려라고 생각했다.

"오빠, 나 왔어."

고방아를 탕까지 데리고 들어온 것으로 할 일을 마친 아랑은 다시 평소처럼 돌아갔다. 그녀는 명랑하게 웃으며 연달아의 위에 마주 보고 앉았다.

"응. 왔니?"

연달아는 미소 띤 얼굴로 아랑을 보고 나서 오른쪽에 앉은 고방아를 쳐다보았다.

고방아는 목까지 물에 담그고 있는데도 연달아가 쳐다보자 깜짝 놀라서 얼른 물속으로 더 들어갔다. 그 바람에 코로 물이 들어가 급히 일어나며 기침을 해댔다.

"콜록! 콜록!"

물이 허리까지 밖에 안 차기 때문에 일어나서 기침을 하느라 몸을 흔들자 그녀의 탐스러운 유방이 파도처럼 출렁출렁 흔들렸다.

그리고 배꼽 아래에 선명한 삼족오 문양과 수면 바로 아래에 무성한 검은 숲이 보였다.

그러나 연달아는 그녀에게서 시선을 거두어 두 손으로 아랑의 궁둥이를 받쳐 안고 비스듬히 눕듯이 자세를 잡으며 다시 눈을 감았다.

아랑은 연달아의 어깨에 뺨을 대고 고방아 쪽으로 얼굴을 돌린 채 눈을 감고 있는데 너무나 편안하고 또 행복하게 보이는 표정이다.

연달아에게서 1미터쯤 멀찍이 떨어져 앉은 고방아는 복잡한 표정을 지으며 그 모습을 바라보았다.

아랑의 가슴과 배가 연달아의 몸에 밀착됐고, 그는 두 손으로 아랑의 궁둥이를 안고 있으며, 아랑은 두 다리를 활짝 벌린 자세로 그의 하체에 엎드리듯이 앉아 있다.

고방아의 시선이 물속에 있는 아랑의 희고 아담한, 그러나 벌어져 있는 궁둥이로 향했다.

눈에 보이지는 않지만 분명히 연달아의 성기가 아랑의 성기에 닿아 있을 것이다. 어쩌면 발기하여 찌르고 있을지도 모르는 일이다.

그런데도 두 사람은 아무렇지도 않은 듯, 아무 감정도 못 느끼는 듯 눈을 감은 채 편안하게 있다. 고방아는 도저히 그것을 이해할 수가 없었다.

아랑은 기분이 너무 좋았다. 연달아의 그것이 단단해져서 자신의 그곳을 찌르고 있는 것을 느꼈기 때문이다.

그것은 연달아가 아랑을 여자로 느끼고 흥분을 했다는 뜻이다. 그래서 날아갈 듯이 기분이 좋아진 것이다.

신시그룹 백암연수원 본관 앞에서 두 대의 승용차가 출발했다.

앞선 승용차에는 운전석의 고방아, 조수석의 연달아와 아랑이 탔으며, 뒤따르는 승용차에는 이명훈 의원과 두 명의 남녀 비서가 타고 있다.

차가 언덕길을 다 내려와서 큰길에 접어들었을 때 아랑이 급히 외쳤다.

"언니! 스톱!"

"왜 그래?"

고방아가 차를 멈추고 묻자 아랑은 연달아의 손을 끌면서
차에서 내렸다.

"오빠, 칡즙 마시고 가자."

고방아는 연달아와 아랑이 도로변 좌판의 할머니에게 걸
어가는 것을 보고 고개를 갸웃거렸다.

"랑이에게 저런 식성이 있었나?"

칡즙 파는 할머니는 새벽에는 정말 보기 좋은 한 쌍이라고
칭찬을 아끼지 않았던 연달아와 아랑을 조금도 알아보지 못
했다.

새벽에 아랑은 할머니의 칭찬을 듣고 기분이 최고조였다.
다들 연달아와 자기를 큰오빠와 여동생 정도로 봐주는데, 할
머니는 연인으로 봐주었기 때문이었다.

"정말 잘 어울리는 한 쌍이구료. 결혼했수?"

주름이 자글자글한 할머니는 손을 잡고 다가오는 연달아
와 아랑에게 그렇게 물었다. '결혼했느냐' 는 말은 새벽에는
하지 않았다.

기분이 너무 좋아진 아랑은 칡즙 한 컵을 숨도 쉬지 않고
기세 좋게 단숨에 마셨으며, 친절하게도 싫다는 고방아에게
도 철철 넘치도록 한 컵을 갖다 주었다.

뿐만 아니라 이명훈 의원 팀에도 칡즙 세 컵을 손수 배달하는 서비스를 발휘했다.

이후 연달아 일행은 울진공항에서 대기하고 있던 신시그룹 소유의 소형제트여객기를 탔다.

22인승인 소형제트여객기에는 연달아 일행과 장철환 등 세 명의 대장, 이명훈 의원 일행, 그리고 하나요메가 탔다.

기내는 일반 여객기와는 전혀 다른 구조였다. 음료나 술을 마실 수 있는 바(Bar)가 있으며, 타원형의 소파가 양쪽에 있고, 영화, 음악 감상을 할 수 있는 좌석과 뒤쪽에는 공간이 넉넉한 의자들이 있다.

연달아에게 가디언의 능력이 완전히 제거된 하나요메는 뒤쪽 첫 번째 의자에 앞으로 모은 두 손과 발목에 수갑이 채워졌고, 수갑은 의자에 단단히 연결된 상태다.

그녀는 얼굴과 몸에 약간의 찰과상을 입은 정도였으며, 목욕을 하고는 깨끗한 트레이닝복으로 갈아입은 모습이다.

그녀는 바로 앞쪽 소파에 연달아와 고방아, 아랑이 앉아서 즐겁게 대화하고 있는 모습을 착잡하면서도 표독한 표정으로 지켜보았다.

그녀 역시 자기가 고방아의 목을 잘라서 죽였으며, 뻥 뚫린 천장과 함께 탈출에 성공했었다는 사실을 전혀 모르고 있었다. 만약 그걸 알았다면 원통해서 혀를 깨물어서 죽고 싶을 것이다.

연달아는 제트여객기가 이륙하는 동안 창밖을 내다보면서 신기한 표정을 짓더니 결국 참지 못하고 일어나 조종석 쪽으로 갔다.

고방아와 아랑은 그가 제트여객기 조종법을 배우러 가는 것이라고 짐작했다.

*　　*　　*

다물은 모두 세 군데에 아지트를 두고 있다.

한남동 연정토 저택에 있는 것이 내본(內本)이고 경기도 모처에 있는 것이 외본(外本), 그리고 어디에 있는지조차 극비에 붙여져 있는 비본(秘本)이다.

늦은 아침에 백암온천을 출발한 연달아 일행은 오후 2시쯤 한남동 다물 내본에 도착했다.

연달아 일행이 내본 지하 3층 사령통제실 휴게실에 들어서자 잠시 후에 연락을 받고 연정토와 고선우, 연연화가 달려왔으며, 조금 이따가 정옥군과 을지은한도 반가운 얼굴로 달려와서 합류했다.

정옥군과 을지은한은 21세기 대한민국에 도착한 지 오늘로 사흘째지만 정말 많은 것들을 배우는 중이다.

두 사람은 잠도 두어 시간밖에 자지 않으면서 다물 최고의 선생들로부터 여러 가지를 배우고 있다.

그렇지만 아직 내본 밖으로는 한 발자국도 나가보지 않았다. 아직 충분한 교육이 끝나지 않았기 때문이다.

정옥군과 을지은한은 어느 누구보다도 연달아를 반가워했다. 모두 동료라고 하지만 두 사람은 연달아에게서 제일 끈끈한 친밀감을 느끼고 있다. 연달아가 두 사람의 운명을 바꿔놓은 장본인이기 때문이다.

특히 을지은한은 그저 반가움만이 아닌 다른 특별한 감정 때문에 연달아와의 재회가 기뻤다.

신시그룹 백암연수원에서 있었던 일에 대해서 알고 있는 사람은 보고를 받은 연정토뿐이었다. 그는 아직 그 사실을 다물수호자 아무에게도 말하지 않았다.

둥근 소파에 너나 할 것 없이 어울려서 둘러앉은 연달아와 고방아, 다물수호대는 사령통제실 소속 여자 정요원들이 다과와 음료를 탁자에 차리는 동안 잠시 침묵을 지켰다.

그녀들이 나가고 나서 연정토가 맞은편에 나란히 앉은 연달아와 고방아, 아랑을 둘러보면서 공손히 물었다.

"다친 곳은 없으십니까?"

"우린 무사합니다."

연달아가 미소를 지으며 대답하자 아랑이 조그만 입술을

예쁘게 종알거렸다.

"그런 것은 하나요메에게 물어보셔야지요?"

그 말에 다른 사람들의 표정이 변했다.

"하나요메라뇨? 무슨 일이 있으셨습니까?"

고선우가 궁금한 듯이 묻자 아랑이 기다렸다는 듯이 하나요메를 어떻게 제압했는지에 대해서 손짓발짓 온몸으로 동작을 해 보이면서 미주알고주알 설명했다.

그러나 그녀는 고방아의 죽음에 얽힌 내용은 한마디도 하지 않았다.

그녀가 설명을 끝내자 연정토를 제외한 다물수호자 네 사람은 흥미진진한 표정으로 감탄했다.

이제 묵인자의 가디언을 네 명이나 제거했으며 수행자들까지 처치했으니 모두들 사기가 하늘을 찌를 듯했다.

"묵인자 쪽의 다른 움직임은 없습니까?"

"아직은 없습니다."

연달아의 물음에 연정토가 고개를 가로젓고 나서 부탁했다.

"잡아온 하나요메는 물론이고 텐쵸오의 정신도 다시 한 번 제압해 주십시오."

하나요메는 당연히 심문을 해야 하고, 텐쵸오까지 다시 심문해 보겠다는 것이다.

“알겠습니다. 저도 부탁이 있습니다.”

“말씀하십시오.”

연달아는 연정토 좌우에 앉아 있는 정옥군과 을지은한을 쳐다보며 미소 지었다.

“옥군과 은한을 빌려주십시오.”

“그러십시오.”

정옥군과 을지은한은 똑같이 긴장된 표정을 지었다. ‘드디어 출동인가?’ 라는 생각을 하자 가슴이 뛰었다.

연달아가 일어서자 모두 우르르 따라 일어서는데, 연정토가 공손히 말했다.

“나가시기 전에 제어실에 들르십시오.”

“그러겠습니다.”

연달아와 고방아, 아랑은 사령통제실 옆에 있는 제어실에서 각각 어깨에 특수한 마이크로칩을 하나씩 심었다.

그로써 군왕인 연달아와 여황인 고방아를 비롯하여 다물수호대와 정요원 전원이 어깨에 칩을 심었다고 한다.

그 칩에는 각자의 고유한 바코드가 있으며, 바코드를 인지한 기기나 원격 조종에 의하여 정요원 개개인의 신상명세와 현재 위치 탐색, 그 외에도 여러 기능이 탑재되어 있다.

마이크로칩은 신시그룹 산하 ‘신시마이크로전자’ 에서 연구, 개발했으며 크기는 깨알보다 작다.

그러므로 수술을 할 필요가 없이 주사기로 주사를 한 대 맞는 것으로 마이크로칩의 투입은 끝났다.

연달아 일행이 지하주차장에서 밴틀리에 타려고 하는데 배웅을 나온 연연화와 고선우가 공손하게 허리를 굽혔다.

연달아는 두 사람에게 손짓을 해 보이고 조수석에 탔다.

"연화, 선우, 너희도 같이 가자."

두 사람은 두말하지 않고 주차되어 있는 수십 대의 차로 달려가더니 아무 차에나 올라탔다.

"어디로 갈까?"

밴틀리 운전석에 앉은 고방아가 묻자 연달아는 자기를 마주 보고 허벅지에 앉는 아랑의 궁둥이를 두 손으로 잡고 눈을 감으면서 대답했다.

"지난번 막창집으로 가자."

밴틀리 뒷자리에 앉은 정옥군과 을지은한은 자못 긴장했다. 자신들이 첫 번째 임무가 '막창집 작전'이라고 생각했다.

제45장

일지매

RUNNER
런너

정옥군과 을지은한은 바짝 긴장한 중에도 마냥 신기한 표
정이다. 그러면서도 고개와 눈동자는 쉴 새 없이 이리저리 굴
러다니며 차 안을 살폈다.

두 사람은 다물 내본에서 여러 교육을 받는 과정에서 자동
차에 대해서도 배웠다. 하지만 실제로 타보는 것은 지금이 처
음이다.

"앗!"

밴틀리가 출발하자 두 사람은 깜짝 놀랐다. 을지은한은 조
수석 등받이를 두 손으로 붙잡고 궁둥이를 들어 올렸다. 그

바람에 앞에 앉아 있는 연달아의 머리카락을 두 손으로 세게 움켜잡아 버렸다.

"하하하! 앉아서 안전벨트 매, 언니."

아랑이 웃으면서 말하자 을지은한은 무슨 말인지 알아듣지 못했다.

아랑은 조수석 안전벨트를 잡아당겨서 자기의 등 뒤로 해서 매면서 시범을 보여주었다.

그걸 보더니 을지은한은 물론이고 정옥군까지 서둘러 안전벨트를 했다.

차가 지하에서 바깥 주택가로 나오자 두 사람은 자기 쪽 창문에 얼굴을 들이대고 구경을 하느라 여념이 없다.

"헛!"

정옥군은 자기 쪽 창문 밖으로 차가 지나가자 놀라서 급히 상체를 뒤로 젖혔다가 잠시 후에야 그럴 필요가 없다는 사실을 깨달았다.

밴틀리가 대로에 접어들자 두 사람의 놀라움은 그야말로 절정에 달했다.

파도처럼 흘러가고 흘러오는 수많은 차량들과 인도에 형형색색 화려한 옷을 입은 사람들의 물결, 그리고 도로 양쪽에 높이 솟은 빌딩들을 보면서 눈이 동그랗게 커지고 벌린 입을 다물지 못했다.

“여… 기가 어딥니까?”

“깔깔깔! 한양이야!”

“아아… 한양이 300년 후에는 이렇게 변했군요.”

“지금은 서울이라고 불러.”

아랑의 대답에 정옥군은 탄성을 연발했다.

밴틀리가 한남대교로 올라서자 이번에는 을지은한이 탄성을 터뜨렸다.

“아!”

다리 아래로 도도히 흐르는 한강을 발견한 것이다.

“한강이야.”

아랑의 설명에 정옥군이 을지은한 쪽으로 몸을 기울였다. 그가 있는 창문에서는 맞은편 차선 때문에 강이 보이지 않았기 때문이다.

문득 무슨 생각이 난 연달아가 창밖을 보면서 고방아에게 물었다.

“방아, 새남터가 어디냐?”

고방아는 조수석 창밖 먼 곳을 가리켰다.

“저쪽. 여기에서는 안 보이는데 한강철교 옆이야. 그런데 그건 왜 물어?”

“사흘 전에 옥군이 새남터에서 처형당하고 있었지.”

“에엣?”

"정말이야?"

아랑과 고방아는 놀라서 뒤돌아보았다.

"처형장에서 칼이 옥군의 목을 쟈르기 직전에 내가 구해주었다."

"아슬아슬했구나."

그런데 정옥군이 갑자기 바깥구경을 하다가 말고는 고개를 푹 숙였다. 그리고 을지은한이 크게 놀란 얼굴로 그를 쳐다보았다.

정옥군은 고개를 숙인 채 조심스럽게 을지은한을 쳐다보다가 그녀와 눈이 마주치자 움찔했다.

"소예……."

을지은한은 날카롭게 캐물었다.

"왜 거짓말한 거죠?"

"소예, 나는……."

"다시는 도둑질하지 않겠다고 저하고 약속했었잖아요! 왜 약속을 어겼어요? 왜?"

고방아와 아랑은 놀란 표정을 지었다.

"옥군 오빠, 조선시대에서 도둑놈이었어?"

연달아는 자기가 '새남터' 운운한 것 때문에 이러는 것 같아서 정옥군에게 좀 미안해졌다.

"은한아."

"군왕 전하께서 구해주시지 않았으면 오라버니는 처형당했을 거 아니에요? 그것도 모르고 저는 그 오두막에서 돌아오지도 않을 오라버니를 죽도록 기다렸을 테고……."

연달아가 달래듯이 부르자 을지은한은 눈물을 비 오듯이 흘리며 하소연했다.

그녀는 입술을 힘껏 깨물더니 창문 쪽으로 고개를 홱 돌리면서 외쳤다.

"거짓말에다 약속까지 어기는 사람하곤 끝이에요! 다시는 알은체도 하지 말아요!"

"소예……."

정옥군은 착잡하게 그녀를 바라보았지만 그녀는 창밖에 시선을 준 채 눈물을 흘리며 냉정한 표정을 짓고 있었다.

고방아가 가볍게 혀를 찼다.

"그러게 도둑질은 왜 하고 다녀?"

을지은한이 차갑게 말했다.

"사람들은 그를 일시매라고 불러요."

"에엣? 일지매?"

"정말 옥군이 일지매야?"

아랑과 고방아는 소스라치게 놀라서 동시에 외쳤다.

"백성들이 의적 일지매라고 추켜세우고 칭송하는 게 좋아서 약속도 어기고 도둑질을 하는 거겠죠."

을지은한의 차가운 비아냥거림에도 정옥군은 아무 말도 하지 않고 쓸쓸한 얼굴로 창밖을 내다보았다.

그때부터 두 사람은 창밖을 바라보고는 있지만 아무것도 눈에 들어오지 않았다.

"오빠, 일지매가 뭔지 모르지?"

"그래."

연달아는 신경이 온통 정옥군과 을지은한에게 간 상태에서 아랑의 물음에 건성으로 대답했다.

그러나 아랑은 일지매가 어떤 존재인지 두 손을 휘두르고 궁둥이를 들썩이면서 과장된 동작으로 설명했다. 하지만 그녀의 설명은 일전에 TV에서 방영된 '일지매'라는 드라마에 대한 것이 거의 전부였다.

예전에 강현욱, 다카하시와 술을 마셨던 청담동 막창집 방에 연달아 일행은 한자리를 차지하고 앉았다.

평소 같으면 을지은한과 정옥군이 나란히 앉았을 텐데 지금 을지은한은 연달아 왼쪽에 앉아 있다.

그의 오른쪽에는 고방아가, 그가 책상다리를 하고 있는 다리 위는 아랑의 고정 지정석이다. 그리고 맞은편에 정옥군과 고선우, 연연화 순서로 나란히 앉았다.

정옥군과 을지은한 때문에 분위기가 착 가라앉았다. 연연화와 고선우는 다른 차를 타고 왔기 때문에 왜 그러는지 이유를 모르지만 정옥군과 을지은한 사이에 무슨 일이 있었을 것이라는 짐작 정도는 할 수 있었다.

그러거나 말거나 고방아와 아랑은 개의치 않았다. 고방아는 막창이 구워지지도 않았는데 밑반찬을 안주로 소주를 마시기 시작했다.

그리고 아랑은 왼손에는 상추와 깻잎을, 오른손에는 젓가락을 쥔 채 막창이 익기만 기다리고 있었다. 얼른 싸서 연달아에게 먹이려는 것이다.

연달아는 정옥군과 을지은한이 틀어져 버린 것이 자기 탓이기 때문에 어떻게 해서든지 두 사람을 화해시켜야겠다고 생각했다.

그렇지만 그의 눈물겨운 몇 가지 노력에도 불구하고 을지은한은 대각선 끝에 앉은 정옥군에게 끝내 눈길 한 번 주지 않았다.

오히려 그녀는 옆에 앉은 연달아를 방패삼아서 정옥군을 보지 않고 또 그가 자기를 보지 못하도록 몸을 숨겼다. 시간이 지날수록 을지은한은 정옥군을 더 냉대하는 것 같았다.

연달아는 을지은한이 좀 취하고 나면 꽁한 마음이 누그러질 것이라고 생각해서 그녀에게 한 잔 가득 부은 소주잔을 내밀었다.

“마셔라.”

“소예는 술을 못 마십니다.”

그랬더니 정옥군이 조용히 일러주었다.

“마실 수 있어요.”

그러자 을지은한은 그 말에 반발이라도 하는 듯 소주잔을
두 손으로 잡고 단숨에 마셔 버렸다.

몹시 쓰고 독했으나 그녀는 약한 모습을 보이지 않으려고
태연한 표정을 지었다.

그렇지만 소주가 들어가자 목구멍에 확 불이 붙는 것 같더
니 금세 뱃속이 뜨뜻해졌다.

“자.”

연달아가 잘 익은 막창 하나를 젓가락으로 집어서 된장을
찍어 그녀의 입에 대주었다.

을지은한은 깜짝 놀라서 그의 얼굴을 바라보았다. 연달아
가 빙그레 미소 짓는 것을 보고는 얼굴을 붉히며 조심스럽게
입을 벌려 받아먹었다.

정옥군에게는 이런 다정다감함이 없었다. 그는 을지은한
에게 모든 것을 아낌없이 바치고 희생했지만 성격 자체가 잔
정이 많은 사람이 아니다.

을지은한은 생전 처음 누가 먹여주는 것을 먹고는 왠지 모
를 진한 감동 같은 것이 뒷골을 타고 찌르르 퍼지는 것을 느

껐다. 기분 좋은 느낌이다.

그리고 또 술 역시 생전 처음 마셔보는 것이다. 비록 소주가 독하기는 하지만 거기에 고소한 막창을 안주로 먹으니까 아주 묘한 궁합이었다.

그래서 그녀는 술도 마실 만하다는 생각이 들었다. 술도 사람이 마시는 음식인데 못 마실 것이 뭐 있겠는가.

그녀는 다른 사람들이 술을 따르는 방법을 보고는 술병을 쥐고 자기 잔에 스스로 부으려고 했다.

“어허~ 지부지쳐는 금물이야!”

그러자 앞에 앉은 연연화가 소주병을 냉큼 뺏더니 을지은한의 잔에 술을 따랐다.

을지은한은 ‘지부지쳐’가 술을 마시는데 필요한 어떤 법도이겠거니 생각하며 물었다.

“그게 무슨 뜻인가요?”

“지가 부어 지가 쳐 먹는 것은 금물이야.”

“아… 하하하!”

을지은한은 뭔가 대단한 법도려니 생각했다가 연연화의 말을 듣고 낭랑한 웃음을 터뜨렸다.

사람들이 일제히 그를 쳐다보았다. 그녀가 그렇게 해맑게 웃는 것을 처음 보기 때문이다.

그중에서도 정옥군은 놀라는 표정이다. 그는 을지은한과

오랫동안 함께 지냈으나 그녀가 지금처럼 큰 소리로 웃는 것을 처음 보았다.

을지은한은 두 잔째 술도 단숨에 마셔 버리고는 흐르는 물처럼 분위기에 섞여들었다.

정옥군은 그녀가 자기에 대한 반발심으로 그런다는 것을 짐작하고 있다.

하지만 그는 입이 백 개라도 할 말이 없다. 그녀는 도둑질을 해서 백성들을 돕는 위험한 일은 그만하고 자기와 함께 오두막에서 오순도순 살자고 눈물로 애원을 했었고, 정옥군은 오랜 고민 끝에 그러겠다고 약속했었다.

그런데 그가 그 약속을 무참히 깨버린 것이다. 만약 그때 연달아가 극적인 순간에 구해주지 않았더라면, 그는 두 번 다시 을지은한을 보지 못하는 신세가 됐을 것이다.

그러므로 뒤늦게 그 사실을 알게 된 그녀가 그에 대해서 얼마나 큰 충격과 배신감을 느꼈을지 충분히 짐작하고도 남음이 있다.

그러나 사실 을지은한은 지난 며칠 동안 혼자만 끙끙 앓고 있던 갈등이 하나 있었다.

그런데 아까 밴틀리 안에서 연달아의 폭로를 듣는 순간 그 갈등을 끝내 버렸다.

그녀의 조선시대적인 상식과 그녀가 받았던 교육으로는,

아직 순결한 처녀가 자신의 알몸을 사내에게 보이면 무슨 일이 있어도 그의 여자가 돼야만 한다.

21세기 대한민국의 상식으로는 열흘 삶은 호박에 이빨도 들어가지 않을 웃기는 얘기지만, 조선시대 양가집 규수는 그렇게 배웠다. 상투를 자르면 목숨을 끊어야 한다는 것이나 같은 맥락이다.

그러나 만약 알몸을 보인 사내의 여자가 되지 못한다면 스스로 목숨을 끊어서라도 정조를 지켜야 한다고 배웠다.

을지은한은 연달아에게 전능을 주입받는 과정에서 입고 있던 옷이 녹아버려서 알몸을 그에게 보이고 말았다.

그런 상황이 돼버릴 줄은 꿈에도 예상하지 못했다. 만약 미리 알았더라면 죽어도 전능을 주입받지 않든가 다른 방법을 강구했을 것이다.

그렇지만 이미 일은 벌어지고 말았다. 그녀는 벌거벗은 몸을 고스라히 연달아에게 보였고, 그녀가 교육받은 대로, 그리고 상식대로라면 무슨 일이 있어도 연달아의 여자가 될 수밖에 없는 상황이다.

그래서 그녀는 그때 연달아에게 '이제부터는 연달아님께서 소녀를 책임지셔야 합니다' 라고 말했다.

그러나 그녀가 사랑하는 남자는 정옥군이다. 연달아하고 그런 일이 있었다고 해서 사랑하는 남자를 정옥군에서 연달아로 한순간에 바꿀 수는 없는 노릇이다.

그래서 그녀는 그것 때문에 갈등을 했었다. 사랑하는 정옥군을 매몰차게 버릴 수 없고, 그렇다고 자신의 알몸을 본 연달아를 따르지 않을 수도 없었다.

그런데 바로 오늘 그런 일이 벌어진 것이다. 정옥군에게 받은 충격과 배신감은 을지은한으로 하여금 그동안의 갈등을 단칼에 끝낼 수 있게 해주었다.

그녀는 오늘 그 사건을 계기로 마음속에서 정옥군을 완전히 지워 버리기로 결심했다.

한 번 여자를 배신한 사람은 언제라도 또 그럴 수 있다는 것이 그녀의 믿음이다.

정옥군과 을지은한이 서로 말을 하지 않았지만, 술판의 분위기는 그런대로 무르익어 가고 있었다.

술은 만병통치의 명약이다. 술을 마시면 어떤 일이든 결말을 내준다.

단지 그 결말이 나쁜 쪽이든, 좋은 쪽이든 그것은 당사자가 하기 나름이다.

취기는 사람으로 하여금 배포가 커지게 만들어서 아무리 큰문제에 대해서도 결단을 내리게 해주고 끝장을 내준다.

정옥군이나 을지은한은 둘 다 선한 사람들이다. 그러므로 취했다고 해서 난동을 부리거나 주사를 부리지는 않았다.

단지 정옥군은 옆에 앉은 고선우와 앞에 앉은 고방아와 드문드문 대화를 하면서 술자리에 젖어 들어갔다.

그리고 을지은한은 그녀대로 앞에 앉은 연연화와 연달아, 그리고 아랑하고 조곤조곤하게 대화하면서 때로는 수줍게 웃음소리를 내기도 했다.

그러는 와중에도 연달아는 어떻게 을지은한의 마음을 풀어주어 정옥군을 용서하게 할지에 대해서 곰곰이 생각했다.

*   *   *

서울 종로구 세종로 32번지 주한미국대사관.

8층 데이비드 맥킨리 대사의 바로 옆방은 대사특별보좌관 겸 지역문제담당참사관인 라이언 셀던의 방이다.

라이언 셀던의 비공식적인 직함은 CIA(미국중앙정보부) 서울지부장이다.

하지만 주한미국대사관 내에 공식적으로는 CIA 서울지부라는 것이 존재하지 않는다. 그러므로 CIA 서울지부장도 존재할 수가 없다.

그렇지만 대사특별보좌관이라는 직함이 CIA 서울지부장이며, 지역조사과(Office of Regional Study)가 사실상의 CIA 서울지부 역할을 담당하고 있다.

38세의 라이언 셸던 지부장은 자신이 가장 신임하고 있는 부하 요원인 미모의 25세 한상희, 미국 이름 브리짓 한과 소파에 마주 보고 앉아 커피를 마시면서 어떤 작전에 대해서 대화를 나누고 있다.

삐이—

"특별보좌관님, RU입니다."

그때 커다란 책상의 인터폰이 울리며 문밖에 있는 여비서의 감미로운 목소리가 울렸다.

"잠깐만."

라이언은 한상희에게 양해를 구하고 일어나 책상으로 다가가 세 개의 전화 중에서 가장 오른쪽의 검은색 수화기를 집어 들었다.

RU는 대사관 5층에 있는 부서로 'Research Unit' 의 약자이며 CIA 서울지부의 '조사부' 다. 미대사관 내에서 가장 보안이 철저한 곳이다.

라이언이 집어 든 수화기는 도청당할 염려가 없는 RU의 직통 전화다.

"정확한가?"

그는 무척 심각하게 굳은 표정으로 수화기에서 흘러나온 보고를 듣더니 다시 한 번 확인했다.

그리고 나서 자신의 손목시계를 들여다보고 나서 빠른 어조로 지시했다.

"이 사실을 홍콩지부에 알리되 내가 도착할 때까지 어떤 행동도 취해서는 안 된다고 하게."

라이언은 전화를 끊고 나서 인터폰을 눌렀다.

"미스 샤론, 마카오까지 항공편 예약 가능한가?"

소파에 앉아 있는 한상희는 라이언이 전화를 받을 때부터 자못 긴장한 표정이다가 그가 '마카오' 라고 말하자 얼굴에 불길한 표정이 설핏 떠올랐다.

그때 인터폰에서 여비서 미스 샤론의 난감한 목소리가 흘러나왔다.

"특별보좌관님, 서울—마카오 노선은 일주일에 두 차례뿐인데 월요일과 목요일입니다."

라이언이 힐끗 달력을 쳐다보자 한상희가 일어나면서 일러주었다.

"오늘은 11월 6일 화요일이에요."

서울—마카오 행을 타려면 이틀을 기다려야 한다. 그러나 절대 그럴 수가 없다. 이틀 후에 마카오에 가면 모든 상황이 끝나 있을 것이다.

라이언은 경직된 목소리로 다시 지시했다.

"미스 샤론, 그럼 가장 빠른 홍콩행 항공편을 예약해 줘."

"알겠습니다."

　라이언은 인터폰을 놓고 초조한 표정으로 혼잣말을 중얼거렸다.

　"홍콩에서 마카오까지는 헬기를 타야겠군."

　그는 곰곰이 생각에 잠긴 표정으로 중얼거렸다.

　"주한미공군 오산비행장에서 C―12J수송기를 타는 방법은 어떨까?"

　한상희가 일어선 채 커피잔을 입에서 떼며 말했다.

　"C―12J는 쌍발프로펠러로 시속 5백km를 넘지 못해서 너무 느려요. 더구나 그걸 타려면 오산기지까지 가야만 하고, 또 마카오까지 직접 타고 간다고 해도 제트여객기를 타고 홍콩을 거쳐서 마카오로 가는 것보다 늦을 거예요."

　그녀는 희고 긴 손가락 하나를 세웠다.

　"가장 중요한 문제는 C―12J수송기는 항속거리가 짧아서 한 번에 마카오까지 가지 못한다는 점이에요. 그렇기 때문에 중간에 급유를 받아야만 하는데 망망대해 어디에서 급유를 받아야 하죠?"

　"그런가?"

　라이언은 고개를 설레설레 가로저으며 난감한 표정으로 안절부절못했다.

　"브리짓, 마카오 시간은 어떻지?"

　"서울보다 한 시간 빨라요."

"그렇다면 아무리 빨라도 자정이 넘어야 도착하겠군."

그때 인터폰에서 여비서의 목소리를 흘러나왔다.

"특별보좌관님, 9시에 출발하는 서울발 홍콩행이 가장 빠릅니다. 예약할까요?"

"9시라고? 아아… 절망이다."

라이언은 두 손으로 머리를 감싸 안고 괴로워했다.

"써? 어떻게 할까요?"

인터폰에서는 여비서가 재촉을 하지만 라이언은 결정을 내리지 못하고 있다.

서울에서 홍콩까지 여객기로 네 시간가량 소요된다. 홍콩에 도착해서 다시 헬기로 갈아타고 마카오에 도착하면 2~3시간 이 더 소요될 것이다.

그렇다면 자정이 아니라 내일 동이 틀 때쯤이나 도착하게 되는 것이다.

이제는 어쩔 수 없이 죽이 되든 밥이 되든 CIA 홍콩지부에게 일을 맡기는 수밖에 없다.

1997년 영국으로부터 홍콩이 중국에 반환된 이후에 CIA는 정보요원들을 홍콩에서 대거 철수했다.

하지만 그 당시에 그래도 완전히 철수할 수는 없어서 나중을 기약하고 기반 정도는 남겨두었는데 오래지 않아서 그들 모두 중국공안당국에 전원 체포된 후 극비리에 총살형을 당했다.

다른 죄도 그렇지만, 첩보 행위에 대한 중국의 법은 지나치게 가혹하다.

첩보나 간첩, 반체제, 테러 등에 연루되기만 하면 무조건 지독한 고문에 이어서 총살형으로 끝을 맺는 것이 변함없는 공식이다.

사형이 선고돼도 몇 년 후에 집행하거나 운이 좋으면 사면하는 다른 나라들과는 달리 중국은 사형선고에서 총살집행까지가 며칠 사이에 이루어진다. 사형선고를 받은 날 총살을 집행하는 경우도 종종 있다.

그래서 현재 CIA 홍콩지부는 서울지부의 20% 수준밖에 안 되는 인원으로 근근이 꾸려가고 있는 실정이다. 또한 활동도 극히 자제하고 있는 형편이다.

그런 그들에게 일을 맡겨야만 하게 되었으니 라이언의 속이 편할 리가 없다.

슥.

라이언이 어쩔 수 없이 여비서에게 홍콩지부장을 연결해 달라고 하려는데 한상희가 인터폰을 누르려고 하는 그의 손을 살며시 잡았다.

"라이언, 지금 즉시 출발할 수 있는 마카오행 비행기가 있는데 어때요?"

“브리짓! 정말이야?”

라이언은 너무 놀라고 기뻐서 두 손으로 한상희의 양어깨를 와락 잡았다.

그 바람에 그녀가 들고 있던 커피잔이 바닥에 떨어져서 깨졌으나 그는 개의치 않았다.

한상희는 서구적으로 생긴 갸름한 얼굴에 서글서글한 눈매를 지니고 있는 미인인데 생글생글 미소 지으며 물었다.

“준비시킬까요?”

라이언은 지옥으로 추락하다가 질긴 밧줄을 잡은, 아니, 엘리베이터를 탄 기분이다.

“몇 명이나 탈 수 있지?”

“몇 명이나 데려갈 건데요?”

“나까지 열 명.”

한상희는 배시시 미소 지었다.

“알겠어요.”

라이언은 꿈인가 생신가 싶어서 급히 서둘렀다.

“그래! 어서 준비시켜 줘!”

멋들어진 투피스를 입은 한상희는 입구로 또각또각 하이힐을 울리며 걸어갔다.

“가면서 전화 한 통이면 돼요.”

라이언은 멈칫했다.

"가다니, 브리짓도 마카오에 함께 가겠다는 거야?"

한상희는 뒤도 돌아보지 않고 나갔다.

"물론이에요."

"그건 절대 안 돼! 위험한 작전이야! 브리짓은 현장요원이
아니잖아!"

그녀의 목소리가 문밖에서 들려왔다.

"그렇다면 비행기도 사라져요."

"오! 마이 갓! 브리짓!"

라이언은 부리나케 한상희를 따라 나갔다.

*　　*　　*

경기도 여주 신시그룹 전용비행장.

라이언과 한상희가 탄 승용차와 CIA요원 아홉 명이 나누어
탄 두 대의 승용차가 비행장에 진입하여 트랩을 내린 채 탑승
을 기다리고 있는 한 대의 제트여객기 옆에 멈추었다.

운전석에서 내린 라이언은 햇빛을 받아 눈부시게 빛나는
늘씬한 동체의 제트여객기를 쳐다보며 자신도 모르게 탄성을
터뜨렸다.

"오! 봄바르디어 CRJ700이로군!"

요원들이 승용차에서 내리는 동안에도 라이언은 짙은 선

글라스 너머에서 빛나는 여신 같은 몸체를 뽐내고 있는 제트여객기에서 시선을 떼지 못했다.

"저건 70인승인데? 과용했군, 브리짓."

문득 라이언의 시선이 제트여객기 동체에 적힌 'SINSI' 라는 영문 글씨와 로고를 보고는 놀라는 표정을 지었다.

"브리짓이 신시그룹의 전용제트여객기를 사용할 정도의 연줄이 있다니 뜻밖인데?"

그룹의 전용제트여객기를 이용하려면 주력 계열사의 사장급이나 그룹의 이사 정도 돼야 가능하다는 것을 라이언은 잘 알고 있다.

그러나 한상희는 매혹적인 미소를 지을 뿐 트랩을 향해 늘씬한 다리를 뻗으며 걸어갔다.

"타요."

라이언과 한상희를 비롯해서 정장의 요원들 모두 짙은 선글라스를 착용하고 아무것도 지니지 않은 간편한 모습으로 차례로 제트여객기 트랩을 올랐다.

그런데 제트여객기 기내에 들어선 라이언과 요원들은 적잖이 놀라는 표정을 지었다.

그들을 안내하는 사람은 두 명의 여자인데 신시그룹의 로고가 새겨진 산뜻한 유니폼을 입고 있으며 20대의 젊은 서양 미녀였다. 즉, 서양인이면서 신시그룹의 직원인 것이다.

라이언은 미국에 다녀오곤 할 때 이따금 신시항공 여객기를 탈 경우가 있어서 스튜어디스의 복장이 눈에 익은 편인데 이 두 명의 서양 미녀가 입은 유니폼은 신시항공사 스튜어디스 복장이 아니다.

그보다는 훨씬 더 격조 높고 세련된 복장이며 서양 미녀들의 모습에서 교양과 미모, 재능을 겸비했다는 사실을 한눈에 알아볼 수가 있었다.

라이언이 둘러보니까 기내에는 그런 복장의 미녀들이 모두 일곱 명이 있었다.

그런데 라이언 일행을 맞이하는 서양 미녀 두 명을 제외한 다른 다섯 명은 모두 동양 여자들이었다.

여객기 앞쪽에는 일반 여객기의 1등석보다 훨씬 좋은 좌석이 양쪽으로 열 개 정도 배치되어 있었다.

그리고 기내 뒤쪽은 화려한 거실처럼 꾸며져 있었다. 도저히 여객기 내부라고는 여겨지지 않을 정도로 호텔 스위트룸 같은 최상급 공간이었다.

라이언은 그곳에 몇 사람이 앉아서 대화를 나누고 있는 것을 발견했다.

그는 자신들 말고 다른 탑승객이 있다는 사실에 약간 의외라는 생각이 들었다.

하지만 그들이 소파에 깊숙이 몸을 파묻고 있는 탓에 머리

꼭대기밖에는 보이지 않아서 그들이 동양계 남녀라는 것 외에는 알 수가 없었다.

두 명의 서양 미녀는 라이언과 한상희를 비롯한 열한 명의 요원을 앞쪽 1등석으로 안내했다.

"누구야?"

라이언은 통로 쪽 옆자리에 앉고 있는 한상희에게 머리를 뒤쪽으로 가리키며 속삭이듯 물었다.

"잠깐 기다려요. 이륙하면 누군지 알아보고 올게요."

라이언으로서는 마카오까지 직통으로 편안하게 가게 됐다는 사실이 그저 고마울 뿐이지 동승자들이 있다는 것에 불만을 품을 입장이 아니었다.

더구나 1등석에서 서양 미녀들의 서비스까지 받는데 불만이 있을 리가 없다.

제46장

왕자들의 난

R U N N E R
런너

제트여객기가 지축을 울리면서 빠른 속도로 활주로 위를
달리다가 추력을 받아서 사뿐하게 떠올라 포물선을 그리며
창공으로 날아올랐다.

잠시 후에 제트여객기가 정상 궤도에 올라서자 안전벨트
를 해제해도 된다고 한국어와 영어 기내방송이 흘러나오고
기내에 승무원들이 돌아다니기 시작했다.

"잠깐 다녀올게요."

한상희는 안전벨트를 풀고 기내 뒤쪽으로 향했다.

그녀는 라이언에게는 뒤에 있는 사람들이 누군지 모르는

것처럼 말했지만 사실은 알고 있다.

지금 그녀는 그들에게 아랫사람으로서 인사, 아니, 배알(拜謁)을 하러 가는 것이다.

뒤쪽 타원형의 둥근 소파 양쪽에는 다섯 명이 둘러앉아 있는데 한 사람을 제외하고는 모두 창에 달라붙어서 밖을 내다보며 어린아이처럼 신기한 표정을 지으면서 꺅꺅 고함과 탄성을 지르고 있었다.

창밖을 내다보지 않고 있는 사람은 한 명의 여자인데 앉아 있는데도 키가 매우 크다는 것을 알 수 있었다.

더구나 캐주얼한 차림인데다 하체에 찰싹 달라붙는 진을 입어서 상체에 비해서 훨씬 길고 늘씬한 두 다리에 절로 눈이 갈 정도였다.

그녀는 테이블에 다리를 포개서 얹고 팔짱을 끼고 길게 누운 듯한 자세로 눈을 감고 있었다.

그런데 그녀의 약간 벌어진 재킷 사이로 오른쪽 겨드랑이 아래 벨트에 차고 있는 검은 윤이 반지르르 나는 권총이 엿보였다. 시그자우어였다.

한상희는 눈을 감고 있는 여자 한 명과 창밖을 내다보면서 시끄럽게 떠들고 있는 네 명, 즉 이남이녀를 보면서도 아무 말도 하지 못하고 통로에 우두커니 서 있었다.

그들 다섯 명은 그녀의 존재를 전혀 모른 채 제 할 일만 하고 있었다.

이 제트여객기를 몰고 있는 조종사와 부조종사, 그리고 기내의 일곱 명의 여자들은 다물의 부요원들이다.

그녀들은 미리 통보를 받았기 때문에 한상희가 다물 정요원이라는 사실을 알고 있다.

하지만 그녀의 신분이나 소속, 이 제트여객기를 탄 목적 같은 것은 아무것도 모른다.

다물의 정요원이 하나의 완성된 기계라면, 부요원은 기계의 부속품에 해당하는 존재들이다.

두 명의 여자 부요원이 소파의 통로 양쪽에 서 있었지만 그녀들은 소파에 앉아 있는 다섯 명의 남녀에게 한상희의 존재를 알리거나 다른 어떤 행동도 취하지 않았다.

그런데도 한상희는 그들이 자신의 존재를 알아차릴 때까지 아무 말도 하지 않고 묵묵히 서 있었다. 그들이 자신을 발견하기를 기다리고 있는 것이다.

"시끄럽다. 그만 좀 떠들……."

그때 소파에 혼자 앉아 있던 여자가 눈을 뜨고 창 쪽을 보며 말하다가 한상희를 발견했다.

가볍게 놀란 한상희는 부동자세로 서서 최대한 공손한 자세를 취했다.

"안녕하십니까? 한상희입니다."

낯선 사람의 목소리에 창밖을 내다보고 있던 네 명이 그제야 고개를 돌려 한상희를 쳐다보았다.

한상희는 이곳에 있는 다섯 명의 사진을 전송받아서 이미 숙지했기 때문에 이들이 누군지 잘 알고 있다.

그녀는 한 명의 아담한 체구의 소녀를 안고 있는 키가 크고 호리호리한, 그러나 어깨가 딱 벌어진 다부진 체구의 준수한 청년을 향해 방향을 고쳐 서며 약간 고개를 숙였다.

"외부전술 3팀 한상희입니다."

원래는 바닥에 무릎을 꿇어야 하지만 부요원들이 보고 있으며 또 라이언 일행이 뒤돌아보면 보이기 때문에 그럴 수가 없는 상황이다.

"아… 한상희 씨."

청년 연달아는 싱그러운 미소를 지으며 친근하게 소파를 가리켰다.

"정토 형님에게 얘기 들었소. 앉으시오."

연달아의 무릎에는 아랑이 앉아 있고, 창 쪽에는 을지은한이, 그리고 맞은편 창 쪽에는 정옥군이, 그리고 그 옆에 멀찍이 떨어져서 고방아가 앉아 있다.

이들 다섯 사람은 서울 청담동 막창집에서 한창 신나게 술을 마시면서 재미있게 놀고 있던 중에 연정토의 연락을 받았다.

경기도 여주의 신시그룹 전용비행장에 대기하고 있는 제트여객기를 타고 나면 새로운 임무에 대해서 한상희라는 정요원이 자세한 설명을 해줄 것이라고 말이다.

"말씀 낮추십시오. 감당하기 어렵습니다."

연달아의 말에 한상희는 마치 몹시 오줌이 마려운 것처럼 무릎을 굽혔다 폈다 하면서 송구스러워 어쩔 줄 모르는 표정을 지었다.

연달아는 잠시 그녀를 바라보더니 어쩔 수 없다는 듯 가볍게 고개를 끄덕였다.

"앉아라."

그제야 한상희는 고방아 쪽 소파의 끄트머리에 살짝 궁둥이를 걸치고 앉았다.

두 명의 여자 부요원은 연달아 등에게 화사한 미소를 지으며 공손하게 물었다.

"필요하신 것이 있으십니까?"

"맥주 있나?"

술 특히 맥주광인 고방아가 테이블에서 다리를 거두고 궁둥이를 들어 똑바로 앉으면서 물었다.

"있습니다."

"줘."

부요원은 공손한 눈빛으로 다른 사람들을 쳐다보았다. 필요한 것을 묻는 것이다.

"우리도 맥주 주세요."

아랑이 대답하고 나서 한상희를 쳐다보며 생글생글 미소 지었다.

"언니는 뭐 마실래요?"

"저… 저는……."

한상희는 하늘같은 다물수호대의 알파가 '언니' 라고 부르 자 혼이 달아나 버릴 정도로 놀라서 대답을 하지 못하고 더듬 거렸다.

"우리가 술 마실 때 같이 마시지 않는 사람하고는 아무 얘 기도 하지 않아요."

"저는… 저도… 맥주로 하겠습니다."

한상희가 식은땀을 흘리면서 간신히 대답하자 두 명의 여 자 부요원들은 기내 뒤쪽으로 갔다.

정옥군과 을지은한은 난생 처음 비행기를 타고 까마득한 하늘로 날아올랐다는 경이로움과 흥분 때문에 서로 어색한 관계라는 사실을 잠시 잊고 있었다.

두 사람은 21세기 대한민국에 온 것이 오늘로 사흘째인데 아직도 실감이 나지 않았다.

처음에 연달아의 손을 잡고 한남동 다물 내본에 도착했을 때는 머리가 멍해서 모든 것이 꿈속에서 벌어지는 일처럼 여겨졌다.

　이후 그곳에서 여러 선생에게 21세기 대한민국과 한반도의 역사 등에 대해서 집중적인 교육을 받으면서 조금씩 꿈에서 깨어나며 현실을 일깨워 가기 시작했다.

　하지만 현실의 거리가 1㎞라면 두 사람은 아직 채 1미터도 내딛지 못한 상태다.

　비틀비틀 걸음마를 하고 있다. 누가 잡아주고 이끌어주지 않으면 넘어지고 말 것이다.

　그래서 연달아가 이번 작전에 두 사람을 데려왔다. 그의 짧은 기간이지만 많았던 경험으로 미루어 봤을 때 정옥군과 을지은한이 현장에서 이리저리 부딪치면서 쌓는 체험이야말로 최고의 선생이라고 판단했기 때문이다.

　정옥군과 을지은한은 더 이상 창밖을 내다보지 못하고 이제부터 보고 듣게 되는 내용을 하나도 놓치지 않으려는 듯 꼿꼿한 자세로 앉아 눈을 빛내고 또 귀를 기울였다.

　여자 부요원들이 차갑게 얼음에 채워진 캔맥주를 넉넉하게 가져오고 또 고급 안주를 탁자에 차리고 나자 한상희는 그녀들에게 물러가라는 손짓을 했다.

　"이번 작전은 매우 중요합니다."

　한상희는 연달아와 고방아 등이 모두 캔맥주를 따고 한 모금씩 마신 후에야 조심스럽게 입을 열었다.

아랑이 한상희에게 눈으로 캔맥주를 가리켰다. 맥주를 마시라는 뜻이다.

한상희는 난감했으나 작전에 대해서 설명을 해야 하기 때문에 하는 수 없이 캔맥주를 따서 두 손으로 조심스럽게 한 모금 마셨다.

그러나 너무도 긴장한 탓에 맥주가 목으로 넘어가는지 무슨 맛인지 조금도 느끼지 못했다.

"현재 마카오에 있는 어떤 사람이 암살당할 위기에 처해 있는데 그 사람을 구해서 대한민국에 극비리에 데리고 들어오는 것이 이번 임무입니다."

한상희는 슬쩍 라이언 일행이 앉아 있는 곳에 시선을 주고 나서 말을 이었다.

"저들은 미국 CIA 서울지부장과 첩보요원들입니다. 저들의 목적은 마카오의 그 사람을 암살로부터 구해서 미국으로 데려가는 것입니다."

고방아가 가볍게 고개를 끄덕였다.

"그 사람을 암살로부터 구하는 것은 우리와 CIA의 목적이 같군."

"그렇습니다. 그러나 그 사람을 미국으로 데려갈 경우 다물의 목적하고는 많이 틀어져 버립니다. 또한 미국은 그 사람을 우리와는 전혀 다른 용도로 사용할 것입니다. 그러므로 무슨 일이 있어도 그를 대한민국에 그것도 다물 본부로 데려와야만 합니다. 그는 다물의 고구려 제국 건설에 매우 중요한 인물입니다."

고방아는 캔맥주를 입으로 가져가면서 흥미로운 듯한 표정으로 물었다.

"대체 그 사람이 누구야?"

"김정남입니다."

"캑! 콜록! 콜록!"

물어놓고는 태연하게 맥주를 마시던 고방아는 '김정남' 이라는 말에 너무 놀라서 숨을 들이켜는 바람에 맥주가 기도로 흘러들어 가서 사레가 들어 심하게 기침을 해댔다.

놀란 사람은 고방아와 아랑뿐이다. 연달아와 정옥군, 을지은한은 '김정남' 이 누군지 모른다. 처음 듣는 이름이라서 잠자코 있을 뿐이다.

단지 고방이와 아랑이 놀라는 것으로 봐서 '김정남' 이 매우 중요한 인물일 것이라고 짐작했다.

고방아가 너무 심하게 기침을 하는 바람에 옆에 앉은 한상희가 조심스럽게 그녀의 등을 두드려 주었다.

잠시 후에 고방아는 티슈로 코와 입을 닦고 나서 놀라움이 가시지 않은 얼굴로 한상희에게 물었다.

"김정남이 그 김정남이야?"

“그렇습니다. 김정일의 장남인 김정남입니다.”

“마카오에 있는 김정남을 죽이러 오는 것은 혹시 북한의 암살팀인가?”

“그렇습니다.”

한상희는 한차례 심호흡을 하더니 말을 이었다.

“정보에 의하면 북한의 실권을 아직 완전히 장악하지 못한 국방부위원장 김정은이 이복 맏형인 김정남의 암살을 직접 지시했을 것이라고 CIA측은 추측하고 있습니다.”

고방아는 여태까지 느긋했었는데 이제는 표정이 아연 긴장으로 물들었다. 그렇게 좋아하는 맥주를 마시는 것도 잊고 있을 정도다.

한상희는 목소리를 한층 낮추었다.

“북한 인민무력부 휘하에 있는 586부대의 작전부 소속 암살팀이 사흘 전에 극비리에 북한 평양을 출발했다는 보고를 받았습니다.”

“586부대라니?”

“조선노동당 휘하의 35호실과 작전부가 통합하여 인민무력부로 자리를 옮기면서 586부대, 즉 정찰총국으로 이름을 바꿨습니다. 정찰총국은 북한의 대남공작 및 테러와 요인암살 등을 전담하는 부서입니다.”

고방아뿐 아니라 연달아와 모두들 진지하게 듣고 있다.

"정찰총국에는 네 개 저격여단과 다섯 개 정찰대대가 소속되어 있으며, 월북자들로만 구성된 907부대나 북한군 유일의 여군 특수공작대가 편성되어 있는 38항공육전여단도 그곳에 속해 있습니다."

한상희가 잠시 설명을 중단한 사이에 고방아가 진지한 얼굴로 물었다.

"암살팀이 평양을 출발했다는 사실은 어떻게 알았지? CIA가 알아낸 것인가?"

"아닙니다. 다물 외부지원 5팀이 북한 내에 침투해 있거나 북한 내에서 활약하고 있는 정요원이나 부요원들입니다. 그들이 알려준 사실입니다."

고방아는 적잖이 놀라는 표정을 지었다.

"맙소사. 다물 지원팀이 북한 내에도 있다는 말이야?"

"그렇습니다. 중국 내에는 외부지원 4팀과 6팀 두 개 팀이 활약하고 있습니다."

"중국에도?"

한상희의 눈빛이 야릇하면서도 차갑게 빛났다.

"21세기 고구려 제국을 건설하기 위해서는 언젠가는 북한을 붕괴시킨 후에 중국하고도 운명의 일전을 벌여야 하기 때문입니다."

"음!"

고방아는 너무 놀라서 묵직한 신음을 흘렸다. 하지만 거기에 대해서는 더 이상 묻지 않았다.

이런 일은 연정토에게 들어야지 한상희 같은 일개 정요원에게 들을 내용이 아니라고 생각했다.

연정토가 북한이나 중국에서 공작하고 있는 다물의 요원들에 대해서 설명하지 않았다면 그럴 만한 이유가 있기 때문일 것이다.

한상희는 다시 본론에 대해서 설명을 시작했다.

"사흘 전에 평양을 출발한 암살팀은 베이징 주중북한대사관에 도착하여 머물고 있다가 아까 3시 30분쯤에 북한대사관을 출발하여 베이징 역에서 베이징 출발 상하이 도착 징후고속철도를 탔다고 합니다."

"그건 CIA가 알아냈나?"

"우리 다물의 베이징 팀도 거의 동시에 알아냈습니다."

고방아는 앞쪽을 슬쩍 턱으로 가리켰다.

"그러면 우리끼리 가면 되지 어째서 귀찮게 저것들을 끌고 가는 거지?"

한상희는 앞쪽을 힐끗 보고 나서 엷은 미소를 지었다.

"김정남이 마카오의 어디에 묵고 있는지 CIA가 알고 있습니다. 우린 안타깝게도 그것까지는 알아내지 못했습니다. 그리고……"

"뭐가 또 있어?"

"만약 북한 암살팀과의 싸움이 커질 경우에 자칫 국제적인 문제로 비화될 수도 있습니다. 그런 상황이 되면 그것은 미국 CIA의 작전일 뿐 다물은 그 사건에 전혀 개입되지 않은 것이어야 합니다."

"그 말은 설혹 우리가 개입했더라도 개입하지 않은 것처럼 보여야 한다는 거로군?"

"그렇습니다."

그때 을지은한이 이쪽으로 상체를 잔뜩 숙이고 무척 비밀스럽게 속삭였다.

"저쪽에서 누군가 브리짓, 투 레이트, 고 온 섬원, 이라고 말했어요."

'브리짓이 너무 늦는군. 누가 좀 가봐라' 라는 뜻인데, 을지은한이 라이언 일행의 말을 여기에 앉아서 들은 것이다. 그녀가 갖고 있는 능력 중에서 귀가 몹시 밝다는 것은 매우 지엽적인 것이다. 그녀는 라이언의 말을 듣고 그것을 발음 그대로 전해주었다.

연달아도 그들의 말을 들었으나 무슨 뜻인지 몰라서 가만히 있었다.

앞쪽에서 요원 한 명이 일어서는 것을 보고는 한상희가 몸을 일으켰다.

"가봐야겠습니다. 나중에 다시 오겠습니다."

"상희야."

그때 연달아가 조용히 불렀다.

한상희는 그가 친근하게 이름을 부르자 당황하고 또 기뻐서 얼굴이 붉어졌다.

"마, 말씀하십시오. 군왕 전하."

연달아는 그녀를 보며 빙그레 미소 지었다.

"여기에 올 필요까진 없다. 그저 네 머릿속에서 무언가를 내게 전해야겠다고 생각하면 내가 읽을 수 있다. 머릿속으로 북두칠성을 떠올리면 더 정확하게 전할 수 있다."

"아……."

한상희는 눈을 동그랗게 뜨고 그를 바라보았다. 그녀는 군왕이나 여황, 다물수호자들이 어떤 능력을 지니고 있는지에 대해서는 전혀 모르고 있다. 그것은 정요원이라도 알 수 없는 극비사항이다.

"그리고 저들이 우리말을 알아들을지도 모르니까 호칭보다는 달아 오빠라고 불러라. 내 이름이 연달아거든, 어서 가봐라."

"그럼……."

한상희는 군왕을 오빠라고 부르라는 말에 구름 위에 떠 있는 기분을 느끼며 총총히 앞좌석으로 돌아갔다.

고방아는 슬쩍 연달아를 쏘아보았다.

"어디서나 예쁜 여자만 보면 작업을 거는군?"

연달아는 의아한 표정을 지었다.

"작업이 뭔데?"

"여자 꼬시는 걸 작업이라고 해. 오빠."

고방아 대신 아랑이 생글생글 미소 지으면서 대답했다.

연달아는 한상희가 간 방향을 엄지로 가리키며 의아한 표정을 지었다.

"내가 한상희를 꼬셨어?"

"한상희에게 달아 오빠라고 부르라면서?"

고방아는 연달아가 자꾸 캐물으니까 조금씩 귀찮아졌다. 그가 한상희에게 작업을 걸든 말든 자기가 참견할 바 아니라는 생각이 들자 손을 저었다.

"됐어. 그 얘긴 그만하자."

고방아는 한상희에게 들은 얘기 때문에 몹시 긴장한 상태라서 맥주를 마시는 것도 잊고 두 손을 깍지 낀 채 심각한 표정을 지었다.

그때 아랑이 아는 체를 했다.

"김정남이면 김정은의 큰형이지?"

"응."

고방아는 짧게 대답만 하고 깊은 생각에 잠겼다.

하지만 아랑은 그녀가 생각을 하도록 내버려 두지 않았다.

"언니, 오빠들과 은한 언니에게 김정남이나 김정은이 누군지, 그리고 현재 북한의 상황 같은 것을 어느 정도 설명해 줘야 하지 않겠어?"

아랑은 자기보다는 고방아가 설명하는 것이 낫겠다고 생각했다.

고방아는 연달아와 정옥군, 을지은한을 두루 쳐다보다가 그들이 북한 사정에 대해서 아무것도 모르고 있다는 사실을 깨달았다.

그녀는 어떻게 설명을 해줄 것인지 잠시 머릿속으로 정리를 하고 나서 입을 열었다.

"지금의 대한민국은 말이야. 허리가 잘려서 두 동강이 난 상태야."

그런데 뜻밖에 정옥군이 말문을 열었다.

"그건 알고 있습니다."

"뭘 알아?"

정옥군은 차분하게 설명했다.

"1910년 일본이 대한제국을 강제로 합병하여 조선왕조 건국 27대 519년 만에, 그리고 대한제국이 성립된 지 18년 만에 한반도가 일본의 식민지가 됐다는 사실을 다물의 선생들로부터 자세히 배웠습니다."

"정말 자세히 알고 있는데?"

고방아는 정옥군이 기특하다는 표정을 지었다. 그리고는 연달아를 꾸짖었다.

"옥군은 열심히 공부하는 동안에 달아는 뭐했어?"

연달아는 빙그레 웃었다.

"앞으로 열심히 하겠다."

"오빠가 공부할 시간이 없었다는 것은 방아 언니가 더 잘 알잖아?"

아랑이 연달아를 두둔했다.

고방아는 아랑을 무시하고 정옥군에게 물었다.

"그래서, 뭘 더 알고 있지?"

"독일과 일본, 이탈리아가 일으킨 제2차 세계대전 당시에 미국은 일본에 두 개의 원자폭탄을 투하하였으며, 소련군은 만주와 북한 지역으로 진격하였습니다. 이후에 일본이 패전하게 되자 미국은 소련군의 남진을 막기 위해 전략적 가치만을 고려하여 38도선을 일본군의 무장해제를 위한 미·소 양군의 진출 한계선으로 정함으로써 한반도가 분단되는 원인이 되었습니다."

"호오, 훌륭해!"

고방아의 칭찬에 정옥군은 얼굴을 슬쩍 붉히며 설명을 계속했다.

"한반도 남북한에 진주한 미국과 소련군의 점령 정책이 서로 달라 신탁통치에 대한 찬성과 반대가 일어나고, 사상적 대립마저 고조되면서 국토 분단이 현실화되어, 38도선을 경계선으로 이념과 체제가 다른 두 개의 정부가 한반도에 각각 수립되었습니다. 그러나 1948년 12월 12일 제3차 유엔총회는 대한민국 정부만이 한반도에 존재하는 유일한 합법 정부임을 결의했습니다."

고방아는 고개를 끄덕이면서 감탄했다.

"여자만 보면 꼬시려고 드는 달아보다 백 배 더 낫다. 훌륭하다, 옥군."

"뭘요."

정옥군이 머쓱한 표정을 짓자 고방아는 이번에는 을지은한에게 물었다.

"은한, 북한에 대해서 얼마나 알고 있지?"

을지은한은 생각도 하지 않고 즉시 대답했다.

"북한의 정식 명칭은 조선민주주의인민공화국이며, 한반도의 북위 38도선 북쪽에 소련, 즉 소비에트 연방의 군정 아래에서 1946년 북조선인민위원회가 수립되었으며, 2년 뒤인 1948년에 북위 38도선 이남 지역에서 실시된 국제연합 감시 하의 한반도 총선거에 참여하는 것을 거부한 북한은 김일성을 수상으로, 박헌영, 홍명희를 부수상으로 하여 1948년 9월

9일 조선민주주의인민공화국 정부를 수립했어요."

연달아와 고방아, 아랑은 정옥군과 을지은한이 총명하고 기억력이 좋을 뿐만 아니라 다물의 선생들이 매우 잘 가르쳤다는 사실을 깨달았다.

"북한은 조선로동당에 의해 지배되는 일당제 체제이지만, 김일성이 죽은 후 그의 아들 김정일이 후계자가 되었다는 점 때문에 봉건세습 독재체제로 일컬어지기도 해요. 이념은 주체사상과 선군정치(先軍政治:군이 앞장서는 정치)이고, 주체사상은 1972년의 헌법 개정에서 최초 등장하였으며 1992년 4월 헌법 개정 때 마르크스—레닌 주의를 삭제하고 그 자리를 주체사상이 대신했어요."

고방아와 아랑은 몰랐던 부분을 정옥군과 을지은한에게 배우고 있었다.

물론 연달아는 두 사람의 말을 한마디도 빼놓지 않고 귀 기울여서 들었다.

"북한은 1998년 헌법개정 때 공산주의 문구를 전부 삭제하고 국방위원장의 권한을 대폭 강화하여 국방위원장이 조선민주주의인민공화국의 실권자임을 명시했어요. 작년 그러니까 2011년 12월 17일에 김정일이 사망하자 미리 후계자로 정해놓았던 3남 김정은이 인민군 대장에 임명됐다가 국방부위원장으로 승진하여, 김일성, 김정일에 이어 북한 최고통치권자에 올라 사실상 3대째 권력을 세습했지요."

고방아는 두 손을 뻗어 정옥군과 을지은한에게 엄지를 치켜세웠다.

"최고! 둘 다 100점이야."

아랑은 혀를 내밀었다.

"나는 공부 더 해야겠어."

연달아가 궁금한 듯이 물었다.

"그런데 김정은이 무엇 때문에 김정남을 죽이려는 거지?"

그가 그런 질문을 한다는 것은 정옥군과 을지은한이 한 설명을 100% 다 이해했다는 것이다.

설명해 보라는 듯 고방아가 슬쩍 자기를 쳐다보자 을지은한은 즉시 입을 열었다.

"1971년생 43살인 김정남은 죽은 김정일의 둘째 부인인 성혜림이 낳은 아들로서 장남이에요. 제네바대학 정치외교학과를 졸업했으며, 북한의 컴퓨터위원회 위원장, 김정일의 비자금을 관리하는 39호실의 책임자였어요. 그렇지만 2009년 이후 사실상 김정일의 후계구도에서 완전히 밀려나 해외를 떠돌고 있는 형편이에요."

화려한 점퍼에 하체에 딱 달라붙는 청바지를 입고 길었던 머리를 짧게 커트한 을지은한은 겉모습만 변한 것이 아니라 지식까지 꽉 찬 재색겸비의 미녀로 탈바꿈했다.

"김정남은 김정은의 암살 위협 때문에 북한에 귀국하지 못하고 있어요. 하지만 중국 정부는 그가 이용가치가 있다고 여기고 암암리에 그에게 도피자금을 대주며 그를 보호하고 있는 상황이에요."

을지은한은 '왜 김정은이 김정남을 죽이려 하는가' 라는 고방아의 질문에 대한 나름대로 분석을 했다.

"막내 동생인 김정은은 북한의 실질적인 최고지도자의 자리에 오른 후에도 잠재적 위협 요소인 김정남을 암살하려고 호시탐탐 기회를 노렸어요. 그렇지만 그것을 행동으로 옮긴 적은 없었는데 이번에 김정남을 죽이라는 암살팀까지 보낸 것을 보면 한 가지 사실을 유추할 수 있군요."

"어떤 사실이지?"

고방아는 내심 적잖이 감탄하면서 물었다.

"동물은 누군가 자신에게 해를 입히거나 위기를 느끼면 상대를 공격해요. 지금 김정은이 그런 상황인 것 같아요."

"김정남 때문에 김정은이 해를 입거나 위기를 느끼고 있다는 뜻이야?"

"네."

"어떻게?"

"자세한 내용은 짐작하기 어려워요. 저는 아직 북한에 대해서 모르는 게 많아서……."

“아냐. 동물에 비유한 분석은 훌륭했어.”

고방아는 칭찬한 후에 정옥군을 보았다.

“옥군은 할 얘기 있어?”

“없습니다.”

그때 연달아가 조용한 목소리로 중얼거렸다.

“왕자들의 난(亂)인 것 같군.”

고방아는 의아한 표정을 지었다.

“왕위계승을 둘러싼 왕자들의 난 말이야?”

“아무래도 북한 내에 김정남을 따르는 세력이 형성된 것 같다. 그 세력이 김정은을 위협할 정도인 것이겠지.”

연달아는 북한에 대해서 아무것도 모르고 있었는데, 그의 입에서 날카롭고도 충분히 공감이 갈 만한 분석이 나오자 모두들 긴장하며 귀를 기울였다.

그는 지금까지의 이야기를 듣고 나름대로 종합해서 분석을 내보았다.

왕위든 최고지도자든 그 자리를 노리는 자식들의 싸움은 어느 시대를 막론하고 치열한 것이다.

고구려의 역사에서도 그런 일들이 숱하게 있었고 또 그것을 배웠던 연달아는 북한의 권력세습이 그것과 별반 다를 바 없다고 생각했다.

“김정은의 측근은 북한 내에서 싹튼 김정남의 세력을 제거하는 것이 힘에 부치거나 그 세력과의 싸움으로 이득보다는 손실이 많을 것이라고 판단했을 것이다."

고방아는 의아한 표정을 지었다.

"이득보다 손실이 많다는 것은 무슨 뜻이야?"

"김정남의 세력이 만만치 않다는 것이다. 그래서 그것을 제거하려면 김정은 쪽에서도 많은 희생이 따를 수밖에 없다는 얘기지. 그리고 내분이 일어나면 내란으로 번질 수도 있고, 그렇게 되면 대한민국이나 외부에 침공의 빌미를 제공할 수도 있지."

"그렇군."

"그러니까 아예 김정남을 암살해 버리면 북한 내 김정남 세력이 스스로 와해될 것이라고 기대한 것이겠지."

"그렇게 될까?"

"김정일에게 아들이 또 있나?"

연달아의 옆에 앉은 은지은한이 대답했다.

"차남 김정철이 있어요."

"그렇다면 김정남이 암살을 당하면 북한 내 김정남을 지지하는 세력이 김정철에게 붙을 수도 있어. 그들이 필요한 것은 김정남이 아니라 김정은에 대항할 대항마(對抗馬)니까. 그러나 김정남 세력이 김정철에게 붙는다고 해도 예전 같은 결집력은 기대할 수 없겠지."

고방아가 간단하게 말했다.

"만약 그런 상황이 된다면 김정은은 또다시 김정철을 죽이려 들겠군."

"그렇겠지. 그게 왕자들의 난이 벌어지는 수순이야."

제47장

마카오

R U N N E R
런너

김정남은 마카오에 두 채의 집을 갖고 있다.

김정남은 본처 신정희 외에 두 명의 여자가 더 있다. 신정희는 베이징 외곽의 드래곤이라는 호화빌라에 살고 있지만, 두 명의 여자는 이곳 마카오에 거주하고 있다.

두 명의 여자 중에 한 명인 42살의 이혜경은 김정남과의 사이에서 낳은 아들 열아홉 살 김한솔과 딸 열다섯 살 김솔희와 함께 마카오 고급 주택가인 에스트라다 거리(加思欄馬路 Estrada Pe. S.Fransico)에 있는 가안각(嘉安閣) 아파트의 12층 전체를 전세 내서 살고 있다.

그러나 김정남은 이혜경하고는 오래전부터 별거를 하고 있는 중이다.

김정남의 또 한 명의 여자는 36살의 서영라이며 북한의 국적항공사인 고려항공의 스튜어디스 출신이다.

서영라는 김정남과의 사이에 자식은 없으며, 대신 북한에서 파견된 요리사와 두 명의 접대인이 함께 거주하는데, 김정남은 서영라와 함께 마카오 해양화원(海洋花園) 아파트 22층에서 살고 있는 것으로 알려져 있다.

여기까지는 다물에서도 익히 파악하고 있는 김정남의 주변 상황이다.

하지만 문제는 김정은이 북한의 최고지도자에 오른 이후부터 김정남과 서영라를 해양화원 아파트에서 목격한 주민이 없다는 사실이다.

김정남은 동생 김정은으로부터의 암살 위험을 느끼고 잠적한 것이 분명했다.

그렇지만 오랫동안 살아온 마카오를 떠나지 않은 것으로 짐작되고 있다.

마카오를 떠난다는 것은 그가 아는 사람 한 명 없이 낙동강 오리알 신세가 된다는 뜻이다.

현재 그가 마카오 어디에 있는지 CIA는 파악하고 있지만, 다물은 모르고 있다. 다물이 CIA를 필요로 하는 이유는 그 때문이다.

그러나 북한의 암살팀이 김정남을 죽이러 온다는 것은, 그가 숨어 있는 장소를 알고 있다는 뜻이다.

그것은 누가 먼저 그 장소에 도착하느냐에 따라서 김정남의 운명이 달라질 것이라는 의미이기도 하다.

한상희가 제트여객기 내에서 라이언 일행과 함께 있으면서 연달아에게 정신감응, 즉 텔레파시로 알려준 내용은 대략 그런 정도였다.

CIA나 다물, 그리고 대한민국 정부에서도 파악하고 있는 그 정보다.

하지만 한상희는 몇 가지 이야기를 더 해주었다.

예전의 김정남은 북한 지도부에서도 중책을 맡고 있었으며, 김정일의 비자금을 담당하고 있었기 때문에 언제나 돈이 풍족했다.

그래서 그는 흥청망청 돈을 물 쓰듯이 쓰고 다녔으며, 불을 보고 달려드는 부나비 같은 친구나 지인들이 주변에 항상 우글거렸다.

그러나 후계 다툼에서 완전히 밀려난 후 그는 지도부의 중책을 맡지 못하게 되었다.

그것은 곧 자금줄이 막혀 버렸음을 의미하는 것이다. 다만

아버지 김정일이 일 년에 한두 번씩 용돈으로 주는 얼마간의
돈이 수입의 전부였다.

그것으로 베이징의 본처와 그녀와의 사이에서 낳은 자식
인 김금솔, 두 번째 부인인 이혜경과 두 명의 자식들 양육비
와 교육비, 동거녀인 서영라 등 대식구를 거느리는 생활을 영
위해야만 했다.

그런데 김정일이 죽고 나서는 일 년에 한두 번 주던 용돈마
저 끊어져 버렸다.

하지만 그것만이 아니다. 엎친 데 덮친 격이라고 김정은의
암살 위협까지 더해지면서 김정남의 생활은 말이 아니게 몰
락되었다.

예전에는 넘쳐 나는 돈을 보고 모여드는 친구들과 지인들
이 항상 주변에 많았으나, 돈이 떨어지자 그들도 우르르 떨어
져 나갔다.

현재 그는 중국 정부에서 대주는 돈으로 세 명의 처첩과 세
명의 자식들, 그리고 자신의 생활을 근근이 꾸리고 있는 형편
이다.

그런 그가 동거녀 서영라와 함께 살았던 해양화원 아파트
에서 사라져 버렸다.

친구들과 지인들도 거의 떨어져 나간 현재의 그가 갈 만한
곳은 그리 많지 않다.

＊　　　＊　　　＊

밤 9시 30분쯤 마카오에 도착한 연달아 일행은 제트여객기 여자 부요원인 미스 최의 안내로 공항에 대기하고 있던 리무진을 타고 마카오 시내로 향했다.

미스 최는 제트여객기 기내에서 연달아 일행을 접대했던 두 명의 여자 부요원 중 한 명이다.

미스 최의 경우 신시항공의 스튜어디스로 근무하고 있던 중에 다물의 VIP접대요원으로 발탁되었으므로 재색을 겸비한 것은 두말할 필요가 없다.

연달아 일행과 한상희는 공항에서 헤어졌다. 라이언과 그의 부하들을 마중하러 CIA 홍콩지부 요원들이 차를 갖고 나왔기 때문에 그녀는 그들과 함께 행동할 수밖에 없었다.

한상희는 헤어질 때 연달아에게 조심스레 물었다.

"달아 오빠, 텔레파시가 멀리 떨어져 있어도 됩니까?"

연달아가 '달아 오빠'라고 부르라고 해서 그렇게 부르긴 하지만 그녀의 말투마저 바뀐 것은 아니다.

"텔레파시가 뭐냐?"

"달아 오빠께서 제 생각을 읽는 것 말입니다."

"아… 그거라면 상희 네가 웬만큼 멀리 떨어져 있어도 상관없을 것 같다. 네가 정신으로 내게 무슨 말을 보내려 하고 내가 읽으려고만 하면 될 것이다.”

연달아는 텔레파시의 영역이 어느 정도인지 확실하게 모르기 때문에 그렇게 대답했다.

“알겠습니다.”

그런데 연달아는 돌아서는 한상희의 탱탱한 궁둥이에 작은 티끌 같은 것이 묻어 있는 것을 발견했다.

툭.

그는 손으로 티끌을 가볍게 털어냈다. 아무 생각 없이 무심코 한 행동이다.

“아…….”

한상희는 멈춰서 그를 돌아보며 얼굴을 붉혔다. 그녀는 그가 잘하라는 격려의 뜻으로 궁둥이를 두드려 준 것이라고 오해했다.

또한 그런 행동은 연달아가 자신에게 각별한 애정을 갖고 있기 때문일 것이라고 한상희는 나름대로 생각했다.

그러나 약간 떨어진 곳에서 그 광경을 지켜본 고방아와 아랑, 을지은한 등은 그가 한상희를 꼬시려고 궁둥이를 만진 것이라고 오해했다.

연달아 일행을 태운 리무진은 공항을 출발하자마자 채 3㎞

도 떨어져 있지 않은 마카오 최대 카지노 구역인 아베니다 데 아미짜데(Avenida de Amizade)에 있는 초특급 엠지엠(MGM) 호텔에 투숙했다.

"마카오에 왔으니까."

방을 잡자마자 고방아가 말을 꺼냈다.

"술 마시러 가자."

그래서 연달아 일행은 미스 최의 안내로 호텔을 나섰다.

마카오의 공용어인 포르투갈어와 광동어에 능통한 미스 최는 호텔 프런트에서 근처의 분위기 좋은 술집에 대해서 알아보았다.

그러나 그사이에 연달아 일행은 호텔 밖으로 나갔고, 호텔 바로 건너편에 있는 한식당을 찾아내어 그곳으로 우르르 몰려 들어갔다.

뒤늦게 나온 미스 최가 사라진 연달아 일행을 찾느라 두리번거리고 있는데 한식당 입구 앞에서 그녀를 기다리던 정옥 군이 불렀다.

"최 낭자! 여기요!"

미스 최는 한식당으로 총총히 달려가며 고개를 갸웃거렸다.

'최 낭자라니?

불고기에 밥과 소주를 먹고 마시면서 일행과 휴식을 취하고 있던 연달아에게 한상희의 다급한 텔레파시가 온 것은 그로부터 40분쯤 후였다.

[달아 오빠! 김정남이 암살팀에게 납치당했습니다! 중국에서 파견된 사복공안 두 명과 동거녀 서영라는 총격을 당해서 사망했습니다! 납치된 김정남은 쾌속보트에 태워져서 홍콩으로 향하는 중입니다!]

연달아는 아랑이 싸준 불고기 쌈을 받아먹던 중이었다. 그는 아랑을 제지하며 텔레파시를 보냈다.

'김정남이 납치를 당해? 암살당한 것이 아니고?'

[네! 암살팀은 김정남을 털끝 하나 건드리지 않고 끌고 갔습니다! 저는 지금 페리부두에 있습니다! 총격 과정에서 다친 CIA요원 두 명과 함께 있습니다! 저는 그들과 함께 병원으로 가야 할 것 같습니다! 달아 오빠께서 김정남을 구하셔야 할 것 같습니다!]

'그곳에 있어라. 내가 가겠다.'

고방아와 아랑은 연달아가 갑자기 동작을 멈추고 허공의 한 점을 주시하고 있자 그가 한상희하고 텔레파시를 하고 있는 것이라고 짐작했다.

또한 그의 표정이 심각한 것을 보고 상황이 좋지 않은 것이라는 생각이 들었다.

[곧 앰뷸런스가 도착할 것입니다! 저는 다친 요원들과 함께 병원에 가야 합니다! 그런데 달아 오빠께서 어떻게 김정남을 구하실지… 지금으로선 방법이 없습니다! 암살팀은 김정남을 홍콩으로 데려가려는 것 같습니다!]

'상희야, 계속 내 생각을 하고 있어라. 다른 생각을 하면 안 된다. 내 생각만 하고 있어야 내가 그곳에 갈 수 있다.'

아직 확실하지 않은 북두칠성 좌표로 공간이동을 하는 것보다는 한상희가 보내는 텔레파시를 근거로 공간이동을 하는 것이 더 정확할 것이라는 생각이다.

[네? 아! 네.]

긴박한 텔레파시가 일단 끝났다. 연달아는 자신의 좌우와 맞은편에 앉아 있는 일행이 조용히 자신을 바라보고 있는 것을 보면서 빠른 어조로 말했다.

"모두 나를 따라와라."

이어서 그는 미스 최에게 호텔에 가 있으라고 말하고는 그녀를 놔두고 화장실로 갔다.

다행히 남자화장실에는 아무도 없었고 일행은 안으로 우르르 몰려 들어갔다.

"모두 내 곁에 와서 내 팔을 잡거나 내 몸을 붙잡아라."

연달아의 말에 아랑이 제일 먼저 능숙하게 그의 등에 업혔다. 고방아와 을지은한이 주춤거리자 그는 양팔로 그녀들의 허리를 끌어안아 품에 안고 정옥군에게 말했다.

"옥군은 내 팔을 붙잡아라."

아랑은 연달아에게 업히고 안기는 것이 일상이지만, 고방아는 대놓고 그에게 안기는 것이 처음이고, 을지은한은 두말할 필요도 없다.

더구나 그가 두 팔에 힘을 주어 허리를 꼭 끌어안자 몸의 앞면이 그에게 밀착되고 몸이 으스러지는 것 같으면서도 기분이 묘했다.

고방아는 목구멍에서 스멀스멀 벌레가 기어오르는 것 같은 이상한 기분이고, 을지은한은 뼈가 녹는 것만 같았다.

"간다."

아랑과 을지은한은 눈을 꼭 감았다. 그녀들은 단지 연달아에게 업혀 있고 또 안겨 있다는 사실 때문에 기분이 좋아서 눈을 감았다.

하지만 고방아는 눈을 크게 뜬 채 그의 어깨 너머를 바라보았고, 정옥군은 두 손으로 그의 팔을 힘껏 붙잡고 눈을 똑바로 떴다.

스우우.

그리고 그 순간 화장실의 풍경이 사라지면서 주위가 칠흑 같은 암흑으로 변했다.

하지만 연달아를 비롯한 일행이 있는 곳만 마치 태양 한가

운데에 있는 것처럼 찬란하게 빛났다. 그래서 고방아와 정옥
군은 눈이 부셔서 눈을 감을 수밖에 없었다.

눈부심이 절정에 도달했다. 눈을 감았는데도 눈꺼풀을 통
해서 강렬한 빛이 느껴졌다.

스파앗―

그리고 그 순간 일행은 몸이 무중력 상태에 있는 것처럼 붕
뜨는 것을 느꼈다.

"네이슨! 정신 차려요!"

가까운 곳에서 한상희의 다급한 외침이 들렸다. 그리고 비
릿한 바다 냄새와 기름 냄새 같은 것이 코를 자극했다.

연달아와 일행은 어느 단단한 콘크리트 구조물 위에 모여
서 있었다. 한식당 화장실에서 이곳으로 순식간에 공간이동
을 한 것이다.

이랑은 연달아에게 업혀 있고 고방아와 을지은한은 그의
품에 안겨 있는데 그가 그녀들의 허리를 꼭 안아서 두 발이
허공에 뜬 상태다.

그리고 정옥군은 그의 오른팔을 두 손으로 꼭 붙잡고 있었
으며 모두 무사히 공간을 이동했다.

연달아는 고방아와 을지은한을 내려놓으며 재빨리 주위를
둘러보았다.

　그들이 있는 곳은 콘크리트 구조물의 위쪽이고, 두 걸음쯤 오른쪽은 바다이며 왼쪽 대여섯 걸음 너머 콘크리트 구조물 아래는 인도와 도로였다.

　콘크리트 구조물이 끝나는 바다 쪽에는 여러 척의 배가 정박해 있으며, 저 멀리에 희고 큰 건물이 있고 그곳에 몇 척의 커다란 여객선, 즉 페리가 정박해 있었다.

　콘크리트 구조물 위에는 십여 미터 간격으로 가로등이 켜져 있어서 어둡지 않았다.

　연달아의 시선은 페리부두 쪽으로 서너 걸음 떨어진 곳 콘크리트 구조물 위로 향했다.

　그곳에 부상당한 두 명의 CIA요원이 피를 흘리면서 한 명은 앉아 있고 다른 한 명은 길게 누워 있었으며, 한상희가 누워 있는 요원을 붙잡고 뺨을 때리면서 정신을 차리라고 소리치고 있는 모습이 보였다. 그녀는 아직 연달아 일행을 발견하지 못했다.

　앉아 있는 요원은 오른 허벅지에 총을 맞았고, 쓰러진 요원은 명치 부위에 총을 맞은 모습이다. 둘 다 피투성이 몰골이었다.

　앉아 있는 요원은 넥타이로 총 맞은 곳 윗부분을 묶어서 지혈을 한 상태였다.

　그런데 쓰러져 있는 요원은 명치에서 계속 피를 콸콸 쏟고 있으며 한상희가 두 손으로 힘껏 상처 부위를 누르고 있지만 소용이 없어 보였다.

도로에서는 차들이 무심하게 그냥 쌩쌩 지나쳐 달리고 있었으며, 그 옆 인도를 오가는 몇몇 사람들은 2미터 이상 높이의 콘크리트 구조물 위쪽이 보이지 않기 때문에 무슨 상황인지 알 수가 없어서 힐끗 쳐다보고는 가던 길을 갔다.

"상희야."

연달아가 다가가며 부르자 한상희는 그제야 그를 발견하고 반가우면서도 착잡한 표정을 지었다.

"달아 오빠."

"손을 치워라."

연달아가 쓰러져 있는 요원 네이슨 옆에 한쪽 무릎을 꿇고 앉아 상처를 들여다보자 한상희는 손을 떼고 착잡하게 그를 바라보았다.

"숨을 쉬지 않는 것 같아요. 길이 막히는지 앰뷸런스는 아직도 오지 않고… 어떻게 하면 좋아요."

사실 총격전이 벌어진 것은 5분 전이었고, 두 명의 요원이 총에 맞은 것은 4분이 조금 지났을 뿐이다. 그 직후에 전화를 했으므로 앰뷸런스가 도착하려면 아직 멀었다. 하지만 한상희는 1분이 한 시간처럼 길게만 느껴졌다.

현장요원이 아닌 한상희는 총격전도 처음이지만 동료가 다쳐서 죽어가는 상황을 직접 겪는 것은 더더욱 처음 있는 일이라서 감정이 몹시 격앙된 상태였다.

연달아는 뭉클뭉클 피가 솟구치는 네이슨의 명치에 왼손을 활짝 펴서 밀착시켰다.

그때까지도 아랑은 그의 등에 찰싹 업혀서 어깨 너머로 구경하며 눈살을 잔뜩 찌푸렸다.

아직 어린 그녀라서 다친 요원을 보면서 얼마나 아플까 안쓰러운 생각이 들었다.

그러다가 그녀는 문득 백암온천에서 고방아가 하나요메에게 목이 잘려서 처참하게 죽었던 기억이 떠올라서 옆에서 지켜보고 있는 그녀를 힐끗 돌아보았다.

'왜?'

고방아가 눈으로 묻자 아랑은 아무 말도 하지 않고 다시 고개를 돌렸다.

스으.

연달아의 손바닥을 통해서 약간의 전능이 네이슨의 명치 부위로 스며드는 과정에서 그 주변이 투명하면서도 약간 금빛으로 일렁거렸다.

한상희는 연달아가 대체 무엇을 하려는지 몰라서 눈도 깜빡이지 않고 주시하고 있다가 그 광경을 보고는 놀라서 눈을 커다랗게 떴다.

이윽고 연달아는 명치에 손바닥을 댄 지 5초 만에 손을 떼고 손바닥을 펼쳐 보았다.

피가 흥건하게 묻은 그의 손바닥에는 납작해진 총탄 하나가 놓여 있었다.

네이슨의 명치를 뚫고 들어가서 몇 개의 뼈를 부러뜨리고 간에 박혀 있던 총탄이다.

"아……."

한상희는 총탄과 네이슨의 명치 부위를 번갈아 보면서 믿어지지 않는 표정을 지었다.

"음……."

그런데 그때 네이슨이 나직한 신음을 흘리면서 눈을 뜨는 것을 보고 한상희와 또 한 명의 요원은 크게 놀랐다.

"네이슨!"

연달아는 이번에는 또 다른 요원 브랜든의 허벅지에 손바닥을 펴서 덮었다.

"음… 어떻게 된 거지?"

네이슨이 부스스 일어나 두리번거리며 중얼거렸다. 그는 기억을 더듬다가 자기가 명치에 총을 맞았다는 사실을 기억해 내고 깜짝 놀라 급히 명치를 내려다보았다.

하지만 명치 부위가 피투성이인데 조금도 아프지 않았다. 상처 자국마저도 없었다. 그는 어리둥절한 표정으로 한상희를 쳐다보았다.

“브리짓, 나 어떻게 된 것이오?”

그때 연달아가 브랜든의 허벅지에서 손을 떼고 뽑아낸 총탄을 내밀었다.

브랜든은 엉겁결에 총탄을 받고 나서 자신의 오른 허벅지를 쳐다보았다.

아니, 쳐다보고 자시고 할 것도 없이 그는 상처가 조금도 아프지 않은 것을 느끼고 상처가 완전히 치료됐다는 사실을 깨달았다.

“오오, 이런 기적 같은 일이…….”

연달아는 아무렇지도 않은 듯 일어나며 물었다.

“상희야, 놈들은 어느 쪽으로 갔느냐?”

“네?”

한상희는 정신을 차리지 못했다. 눈앞에서 연달아가 기적을 일으키는 광경을 직접 목격하고서도 아무렇지 않다면 사람이 아닐 것이다.

고방아와 아랑은 연달아가 사람을 치료하는 능력이 있다는 사실을 알고 있으면서도 다시 보게 되니까 신기하기 짝이 없었다. 더구나 정옥군과 을지은한은 그 광경을 지켜보고는 감탄을 금치 못했다.

“상희 언니, 김정남이 어디로 갔느냐고 오빠가 묻잖아요.”

답답한 듯 아랑이 빠르게 물었다.

“아… 저쪽으로… 라이언과 요원들이 보트를 타고 뒤쫓아 갔어요.”

정신을 차린 한상희는 동북쪽 바다를 가리켰다.

연달아는 그녀가 가리킨 방향을 굳은 표정으로 바라보았다.

밤바다에는 수십 척의 크고 작은 배가 불을 밝힌 채 오가고 있었으나 김정남이 탔을 만한 배는 눈에 띄지 않았다.

“달아! 저기!”

그때 고방아가 페리부두 반대쪽 콘크리트 구조물이 끝나는 방향을 가리켰다.

그곳은 규모가 매우 큰 하역부두 같았는데 부둣가에 여러 척의 화물선이 정박해 있었다.

그런데 창고 앞의 광장에 헬리콥터 한 대가 있었다. 고방아는 헬리콥터를 가리킨 것이다. 즉, 그것을 타고 추격을 하자는 뜻이다.

“가자.”

연달아는 말과 함께 아랑을 업은 채 하역부두를 향해 전력으로 달려갔다.

헬리콥터 주위에는 네 명의 동양계 사내가 서 있었는데, 그들은 헬리콥터를 향해서 믿어지지 않을 정도로 빠른 속도로 달려오고, 아니, 쏘아오고 있는 연달아를 발견하고 움찔 놀랐다. 연달아는 순식간에 그들의 십여 미터까지 이르렀다.

순간 그들은 연달아를 적이라 판단하고 재빨리 품속에서 권총을 뽑았다.

하지만 연달아에게 업혀 있는 아랑의 염력이 더 빨리 발출되었다. 그들은 권총을 뽑다 말고 정신을 잃으면서 픽픽 쓰러졌다.

헬리콥터는 유로콥터사의 AS350B3이었다. 하지만 연달아는 헬리콥터의 종류 같은 것은 모른다. 다만 지난번에 백암온천에 갈 때 자신이 조종했던 벨222 헬리콥터와 비슷하게 생겼다는 정도만 알 수 있을 뿐이다. 그렇다면 조종할 수 있겠다는 생각이 들었다.

그는 다른 것은 보려고 하지도 않고 즉시 헬리콥터의 문을 열고 올라탔다.

그 과정에서 아랑이 등에서 내려 조종석에 앉은 연달아의 옆에 앉았다.

쉬이이—

연달아가 시동을 켜자 꼭대기의 메인로터가 묵직하게 회전하기 시작했다.

그리고 그때 을지은한이 도착해서 망설이지 않고 열려 있는 문으로 헬리콥터에 탑승했다.

그러나 정옥군은 고방아의 오른쪽에서 전방과 그녀를 번갈아 보면서 나란히 달리고 있다.

정옥군은 뒤처지는 고방아를 보호하려는 것이다. 고방아의 왼쪽에서는 한상희가 죽을힘을 다해서 달리고 있다.

정옥군과 고방아 등이 도착했을 때에는 헬리콥터가 이륙하기 직전이었다.

그런데 그때 50여 미터 거리에 있는 부두의 창고 건물 쪽에서 십여 명의 사내가 기관단총과 권총으로 무장한 상태에서 헬리콥터 쪽으로 우르르 달려나오고 있었다.

하역부두에 기관단총과 권총으로 무장한 사내들이 있다니, 필경 평범한 자들은 아닐 듯했다.

고방아는 그들이 홍콩이나 마카오 일대에서 암약하는 마피아일 것이라고 추측했다.

정옥군은 일단 고방아부터 헬리콥터에 타게 했다.

탁!

그런데 문이 닫히면서 조종석의 연달아가 외쳤다.

"옥군! 여기에서 기다려라!"

"알았습니다!"

한상희는 헬리콥터 내부를 쳐다보다가 4인승이라는 사실을 깨달았다.

총 든 사내들이 몰려오지 않더라도 정옥군과 한상희는 헬리콥터에 탈 수 없는 상황이었다.

투타타타타―

헬리콥터가 거센 바람을 일으키면서 둥실 이륙하는 것과 동시에 몰려오고 있는 사내들이 헬리콥터와 정옥군 등을 향해서 무차별 총을 발사하기 시작했다.

"아앗!"

한상희는 총탄이 빗발치자 깜짝 놀라 급히 바닥에 엎드리면서 대응사격을 하려고 허리에 차고 있는 권총을 뽑았다.

하지만 그녀는 연달아가 떠나 버린 지금 같은 상황에서는 이 허허벌판이나 다름없는 부두 광장에서 자신과 정옥군이 낯선 사내들에게 죽임을 당할 수밖에 없을 것이라는 절망감에 빠졌다.

슥—

그때 한상희는 누가 자신의 허리에 팔을 두르는 것을 느끼고 깜짝 놀라 고개를 들었다.

정옥군이 왼팔로 그녀의 허리를 안아서 일으킨 것이다. 그런데 그것만이 아니다.

그는 몰려오면서 총을 쏴대고 있는 사내들을 향해서 그녀를 안은 채 정면으로 돌진해 가기 시작했다.

그녀가 보기에 정옥군의 행동은 죽으려고 환장한 미친 짓이 분명했다. 불을 보고 죽기 살기로 날아드는 불나방하고 다를 바가 없어 보였다.

정옥군은 총은커녕 무기라고 할 만한 것은 막대기 하나조차 갖고 있지 않았다.

한상희가 권총을 쥐고 있지만 기관단총 등으로 무장한 십여 명의 적을 상대하기는 역부족이다.

그래서 그녀는 지금 이순간이 자신이 이승에서 느끼는 삶의 마지막 순간이라고 생각했다.

'미쳤어.'

그녀는 눈을 질끈 감아버렸다. 자신의 처참한 죽음을 눈뜨고 마주 대할 용기가 나지 않았다.

정옥군이 얼마나 빨리 달리는지 한상희는 발을 움직일 필요조차 없었다. 그녀의 두 발이 바닥에서 떨어지고 하체가 뒤로 기울어졌다.

투카카카카—

그런데 고막을 찢을 듯 무차별 쏘아대는 총소리와 귓전을 스쳐 가는 날카로운 바람 소리만 들릴 뿐이지 그녀는 총에 맞은 느낌이 조금도 들지 않았다.

지금 상황이라면 이미 그녀의 온몸이 벌집이 되고 있어야 한다.

그래서 그녀는 무슨 일이 생겼는지 궁금해져서 조심스럽게 눈을 떴다.

'아!'

그때 그녀의 눈앞에서 상식적으로는 도저히 믿을 수 없는 일이 벌어지기 시작했다.

그녀를 안은 정옥군은 어느새 사내들 5, 6미터 앞까지 돌진하는 중이다. 50여 미터의 거리를 불과 2~3초 사이에 주파한 것이다.

십여 명의 사내는 모두 멈춰서 정옥군과 한상희를 향해 미친 듯이 총을 갈겨대고 있었다.

그런데도 수백 발의 총탄은 정옥군과 한상희의 옷깃조차 스치지 못했다.

정옥군은 왼팔로 한상희의 허리를 안은 상태에서 좌우 지그재그로 달리는가 하면 몸을 좌우로 쓰러질 듯이 기울이면서 달리는 동작으로 소나기 같은 총탄을 모조리 피했다. 아니, 총탄이 두 사람을 피해서 가는 것 같았다. 한상희는 그 사실이 도저히 믿어지지 않았다.

일단 정옥군은 무지하게 빨리 달렸다. 사내들이 총을 겨냥하면 정옥군은 이미 다른 방향에서 사내들에게 더 가까이 다가가 있었고, 총을 발사하면 그는 이미 다른 곳에서 달리고 있었다.

더구나 그는 혼자가 아니라 왼팔로 한상희의 허리까지 안고 있는 상태다.

그의 행동은 마치 총탄이 날아오는 것을 훤히 보면서 이리저리 피하는 것 같았다. 또한 총탄들은 매우 느린 반면에 그만 혼자 빠른 듯했다.

그때 그렇지 않아도 놀라움으로 휘둥그렇게 떠진 한상희의 눈에 정옥군이 달리면서 정면 두 명의 사내에게 오른손을 슬쩍 뻗었다가 낚아채는 동작을 취하는 모습이 들어왔다.

우둑.

"끅!"

"캑!"

그런데 정면 두 명의 사내가 똑같이 목이 오른쪽으로 확 꺾였다. 단번에 부러진 것이다.

정옥군은 단지 낚아채는 동작만 취했을 뿐인데 두 명의 사내의 목이 맥없이 부러져 버렸다.

두 명의 사내 목이 부러지는 순간 정옥군은 이미 다른 사내들에게 한 마리 맹수처럼 득달같이 달려들고 있었다.

정옥군의 오른 주먹이 빠른 속도로 앞쪽의 허공을 세 번 짧게 끊어서 쳤다. 마치 보이지 않는 샌드백을 때리는 듯한 동작이다.

퍽! 퍽! 퍽!

그러자 전방에서 기관단총을 쏘아대고 있는 세 명의 사내가 똑같이 가슴에 묵직하고도 빠른 해머를 강타당한 충격을 받고 입에서 피를 토하면서 뒤로 붕 지푸라기처럼 날아갔다.

정옥군의 주먹은 그들의 몸에 닿지도 않았다. 최대 10미터의 거리를 두고 목표로 삼은 물체나 사람을 가격하고 또 부수는 것은 그의 여러 능력 중 하나다.

그러므로 3~4미터 거리의 사내들을 가격하는 것은 그로서는 땅 짚고 헤엄치기나 다름없다.

그는 다물 내본에서 머무는 동안 이 능력을 깨달았고 또 어느 정도 몸에 익혔다.

나머지 사내들이 혼비백산 놀라는 표정으로 정옥군을 향해 총을 겨누었다.

그 순간 정옥군은 발끝으로 가볍게 바닥을 차고 허공으로 쏜살같이 숫구쳤다.

그때부터 한상희는 아무것도 보지 못했다. 몸이 빠르게 빙글빙글 회전하는 바람에 어지러워서 정신이 없었다. 다만 둔탁한 소리가 연이어 터지는 것을 들었을 뿐이다.

척!

정옥군은 사뿐히 바닥에 내려섰다. 하지만 한상희는 그에게 허리가 안긴 채 두 발이 공중에 뜬 상태였다.

한상희는 놀란 얼굴로 주위를 둘러보았다. 서 있는 사내들이 한 명도 없었다.

그들은 모조리 바닥에 쓰러진 채 죽었는지 기절했는지 꼼짝도 하지 않았다.

정옥군은 아무 일도 없었다는 듯 우뚝 서서 바다 쪽 하늘을 응시하고 있었다.

경악이 가시지 않은 표정의 한상희는 그의 시선을 좇아 쳐다보다가 저 멀리 연달아 일행이 탄 헬리콥터가 아스라이 멀어지고 있는 것을 발견했다.

"브리짓!"

그때 한상희의 동료인 네이슨과 브랜든이 이쪽으로 달려오면서 소리쳤다.

정옥군은 그제야 한상희를 바닥에 조심스럽게 내려놓으면서 조용한 목소리로 물었다.

"한 낭자, 다친 곳은 없소?"

한상희는 경탄 어린 표정으로 정옥군을 바라보았다. 얼굴이 희고 갸름하며 공부밖에는 모를 것 같은 잘생긴 용모의 그가 방금 전에 그런 엄청난 행동을 했다는 사실이 믿어지지 않았다.

한상희는 그의 왼팔이 자신의 가느다란 허리를 아직도 단단하게 끌어안고 있는 것을 느끼며 비로소 정신을 수습하고 부드러운 미소를 지었다.

"앞으로는 상희라고 부르세요. 알았죠?"

"알았소."

제48장

미사일

RUNNER
런너

“오빠! 저기!”

부조종사 자리에서 아래를 살피던 아랑이 한쪽 방향을 가리키며 급히 외쳤다.

헬리콥터가 페리부두를 출발하여 동북쪽으로 12분 정도 비행했을 때 검은 바다에 세로의 흰 선이 보였다. 보트가 물살을 가르는 광경이다.

세로 흰 선은 두 줄이다. 앞쪽의 흰 선과 어느 정도 거리를 두고 뒤쫓고 있는 흰 선이다.

두 개의 흰 선의 거리는 약 3㎞ 이상이며 점점 더 벌어지고 있었다.

위에서 내려다봤을 때 앞서고 있는 보트가 훨씬 컸다. 선실이 2층으로 되어 있으며, 날렵한 선체에 어림잡아도 백 톤 가까이 나갈 것 같았다.

반면에 뒤따르는 보트는 선실이 없는 평범한 쾌속보트로 5톤이 채 되지 않을 듯했다.

그런데도 덩치가 스무 배나 더 큰 앞선 보트가 훨씬 빨랐다. 그 이유는 그 보트가 수중익선이기 때문이었다.

선체 아래 물속의 앞뒤에 각기 두 개의 날개가 있다. 즉, 수중익(水中翼)이다.

보트가 일단 달리면서 속도를 내기 시작하면 수중익의 양력(揚力)에 의해서 보트가 수면 위로 떠오른다.

선체가 물의 저항을 거의 받지 않으므로 고속으로 달릴 수가 있는 것이다.

그러나 아무리 수중익선이라고 해도 헬리콥터보다 빠를 수는 없다.

쿠투투투투—

헬리콥터는 곧 수중익선을 따라잡아 머리 위를 낮게 스치고 지나갔다가 다시 앞쪽에서 되돌아오며 수중익선의 50미터 상공으로 비행했다.

연달아는 수중익선을 살피면서 어떻게 정지시킬 것인지

아니면 어떤 방법으로 헬리콥터에서 수중익선으로 옮겨 탈 것인지에 대해서 생각했다.

퍽!

그때 짧고 가벼운 둔탁한 소리가 터졌다.

아랑은 헬리콥터 조종석 앞창에 엄지손톱 크기의 구멍이 하나 뚫린 것을 발견하고 반사적으로 급히 연달아를 쳐다보다가 비명을 터뜨렸다.

"악! 오빠!"

연달아의 야구점퍼 심장 부위에 구멍이 뚫렸으며 그곳이 금세 핏물로 새빨갛게 물들고 있었다.

"괜찮다."

연달아는 빙그레 미소 지으며 방금 지나친 수중익선을 돌아보았다.

선실 2층 난간가에 한 명이 라이플을 헬리콥터를 향해서 겨누고 있는 모습이 보였다. 잠깐 얼핏 봤지만 단발머리를 한 정장 차림의 여자였다.

북한에서 보낸 암살팀의 저격수가 분명했다. 비행 중인 헬리콥터를 조종하는 연달아의 심장을 정확하게 명중시키다니 대단한 솜씨다.

"달아!"

"달아 오빠!"

뒷자리의 고방아와 을지은한은 연달아가 총에 맞았다는 사실을 뒤늦게 알고 사색이 되어 연달아 쪽으로 몸을 기울이며 외쳤다.

투우.

그때 연달아의 심장 부위에서 반짝이는 작은 쇠붙이 하나가 스르르 튀어나왔다. 방금 전에 맞은 총탄을 몸이 스스로 뱉어낸 것이다.

아랑은 점퍼의 구멍 밖으로 튀어나온 총탄을 두 손가락으로 쥐고는 자그마한 몸을 바르르 떨며 눈물을 글썽거렸다.

"오빠가 죽는 줄 알았잖아."

고방아는 아랑의 손가락에 쥐어져 있는 총탄을 보더니 재빨리 허리벨트에서 USP를 뽑아 쥐었다.

"저것들을!"

이어서 그녀는 차갑게 내뱉으며 창문을 내리고 권총을 쥔 오른손을 창밖으로 뻗었다.

그러나 헬리콥터가 멀리 지나쳐 왔기 때문에 뒤쪽에 있는 수중익선의 모습이 보이지 않았다.

"보트에 가까이 붙여!"

그녀는 연달아를 보며 날카롭게 외쳤다.

연달아는 헬리콥터를 선회시켰으나 보트 곳곳에 총을 든 자들이 갑자기 많아진 것을 보고 가까이 다가가지 않고 멀찍이에서 뒤따랐다.

가까이 다가가면 집중적인 총격을 당할 것이다. 연달아 자신은 괜찮지만 고방아와 아랑, 을지은한이 당하게 된다.

그는 헬리콥터를 조종하는 중이라서 그녀들이 당하게 되면 손을 쓸 수가 없다.

미처 어떻게 손을 써보기도 전에 그녀들 중 누군가 죽을 수도 있는 일이다.

아니면 수중익선으로부터 집중총격을 받고 헬리콥터가 공중에서 폭발할지도 모른다.

그것은 최악의 상황이다. 그렇게 되면 아무리 연달아가 전능자라고 해도 어떻게 해볼 방법이 없을 것이다.

보장태왕은 전능자가 죽은 사람도 살리는 능력이 있다고 말했다.

하지만 연달아는 아직 죽은 사람을 살려본 적은 없다. 죽은 고방아를 살렸던 것은 과거로 돌아가는 편법을 썼기 때문에 가능했다.

그때 아랑이 아래쪽을 가리키면서 급히 외쳤다.

"오빠! 저기 우리에게 뭐라고 말하나 봐!"

연달아가 전방 아래를 쳐다보니까 수중익선을 뒤쫓고 있는 라이언 일행이 타고 있는 쾌속보트가 보였다.

그런데 보트에서 라이언 등이 두 팔을 마구 휘저으며 뭔가 제스처를 해 보이면서 악을 쓰고 있었다.

행동으로 봐서는 매우 다급한 것 같았다. 하지만 뭐라고 하는 것인지 들리지도 않았고 그들의 동작이 무엇을 뜻하는 것인지 알 수가 없다.

그때 고방아는 라이언의 동작이 어딘가 특이하다는 것을 발견했다. 그는 어깨에 무슨 물건을 올리고 쏘는 듯한 자세를 취하고 있었다.

'로켓포!'

순간 고방아의 머리를 번개같이 스치는 것이 있었다. 그녀는 연달아의 의자를 두드리며 다급하게 외쳤다.

"로켓포야! 어서 놈들 쪽으로 방향을 틀어봐!"

쾌속보트의 라이언은 수중익선에서 발사된 미사일이 헬리콥터를 향해 무서운 속도로 날아가는 것을 보면서 분통을 터뜨리며 두 손으로 머리를 감싸 안았다.

"북한제 SA—16 휴대용 지대공미사일이야! 아아! 제기랄! 끝장났어!"

라이언은 북한제 SA—16 휴대용미사일에 대해서 잘 알고 있다. 1994년 주한미공군 소속 OH—58C스카우트 헬리콥터가 실수로 DMZ을 조금 넘었다가 바로 북한군의 SA—16에 격추된 적이 있었다.

그래서 주한미군이나 대한민국에 근무하는 요원들은 북한 무기체계에 대해서 교육을 받는다.

라이언이 배운 바에 의하면 SA-16은 마하 1.8의 속도에 사정거리가 3km이지만 유효사거리는 2km다. 그러므로 3km 밖으로 물러나면 안전하다.

그는 헬리콥터에 신시그룹 제트여객기에 탔던 남녀들이 타고 있는 것을 봤다.

그래서 그들이 자신들을 도우러 온 것이라고 짐작했기 때문에 더욱 안달이 났다.

고방아는 로켓포인 줄 알고 있지만 그보다 훨씬 무서운 휴대용미사일이었다.

더구나 SA-16은 파이어 앤드 포겟(Fire and Forget) 방식을 채택하고 있다. 발사하고 나서 잊어버려도 된다는 뜻이다.

유도장치가 있어서 사정거리 이내에서는 목표물을 끝까지 추격하여 격추시킨다.

라이언은 답답한 듯 헬리콥터를 향해 악을 썼다.

고방아의 외침을 들은 연달아가 헬리콥터의 방향을 수중익선 쪽으로 틀려고 크게 선회하고 있을 때 갑자기 아랑이 외쳤다.

"저 아래에 있는 사람이 'It's in the back of the missile!

Please! Get back out of range!' 라고 외치고 있어! 우리더러 물러나라는 소리 아냐?"

고방아의 안색이 급변해서 발작적으로 외쳤다.

"로켓포가 아니라 미사일이야! 사정거리 밖으로 물러나야 돼! 어서 물러나!"

그러나 헬리콥터는 선회하는 중이라서 고방아의 말대로 그렇게 쉽게 물러날 수 있는 상황이 아니다.

그런데 헬리콥터가 오른쪽으로 선회하고 있는 중에 창을 통해서 뭔가 보였다.

미사일이었다. 가늘고 길쭉한 동체의 미사일이 악마의 이빨을 드러내듯 반짝이면서 수십 미터 근방 아래쪽에서 무서운 속도로 쏘아오고 있었다.

헬리콥터는 선회를 계속하는 중이고, 이제 미사일은 앞쪽 창을 통해서 더 가까이에서 쏘아오고 있는 것이 보였다. 미사일은 곧장 헬리콥터를 향해 돌진했다.

고방아와 아랑의 얼굴이 하얗게 질렸다. 미사일이 뭔지 모르는 을지은한이지만 그것에 맞으면 큰일 난다는 것을 본능적으로 느끼고 크게 놀랐다.

연달아는 헬리콥터를 조종하는 것으로는 도저히 피할 수 없음을 깨달았다.

그는 조종간을 움켜잡은 상태에서 두 눈을 부릅뜨고 미사일을 쏘아보면서 전능을 뿜어냈다. 날아오고 있는 미사일의 방향을 바꿔보려는 것이다.

탕! 탕! 탕!

고방아는 이를 악물고 미사일을 향해 미친 듯이 권총을 쏘아댔다. 하지만 총탄은 빗나가거나 미사일에 맞았다고 해도 모조리 퉁겨졌다.

“아앗!”

“아악!”

미사일이 불과 십여 미터 앞으로 돌진하자 아랑과 을지은한이 비명을 터뜨렸다.

아랑은 연달아 쪽으로 쓰러지면서 그의 무릎에 얼굴을 묻었고, 을지은한은 조종석 의자 뒤에 얼굴을 파묻었다.

그러나 고방아는 끝까지 미사일을 노려보며 이를 악물고 계속 권총을 발사했다.

쐐애액!

그런데 충돌 직전에 미사일이 갑자기 상승하더니 헬리콥터 위로 아슬아슬하게 스쳐 지나갔다.

미사일에서 끝까지 눈을 떼지 않은 고방아는 미사일이 헬리콥터 위를 스쳐 지나 갑자기 포물선을 그리며 바다로 추락하는 것을 왼쪽 창문을 통해서 보며 그제야 간담이 서늘해지는 것을 느꼈다.

그녀는 연달아가 미사일을 빗나가게 했을 것이라 짐작하고 그를 쳐다보았다.

마침 연달아는 고방아를 돌아보다가 눈이 마주치자 여유 있는 미소를 빙그레 지었다.

고방아도 안도의 표정으로 마주 미소를 짓다가 갑자기 버럭 소리를 질렀다.

"너 나한테 죽을래? 빗나가게 할 수 있으면 진작 조치를 취했어야지? 엉?"

"방아, 놀랬구나. 미안하다."

"놀라긴 누가 놀라?"

두 사람의 말소리에 아랑과 을지은한은 화들짝 놀라서 급히 고개를 들다가 자신들이 무사한 것을 깨닫고 안도의 한숨을 토해냈다.

꽈웅—!

그때 바다로 추락한 미사일이 굉음을 울리며 폭발하며 밤바다를 울렸다.

"어… 떻게 된 거야?"

라이언은 멀쩡하게 비행하고 있는 헬리콥터와 미사일이 떨어져서 폭발하여 물기둥이 숫구치고 있는 것을 번갈아 쳐다보면서 어리둥절한 표정을 지었다.

방금 전에 그는 미사일이 헬리콥터에 명중하기 직전에 느닷없이 거의 직각에 가깝게 위로 급상승하면서 위쪽으로 스쳐 지나가는 것을 똑똑히 목격했다. 이라크전에도 참전했을 정도로 베테랑인 라이언이지만 그런 경우는 본 적도 들은 적도 없었다.

그때 그는 헬리콥터가 수중익선을 향해서 곧장 날아가는 것을 보고 깜짝 놀랐다.

"왜 저러는 거야? 미친 거 아냐?"

방금 전에 미사일에 적중될 뻔했던 헬리콥터가 수중익선에 충돌하여 자폭이라도 하려는 것처럼 돌진하자 라이언은 그 광경을 보고 있는 자신의 눈을 믿지 못했다.

"갓뎀! 당장 돌아와!"

놀란 그는 헬리콥터를 향해 미친 듯이 두 팔을 휘저으면서 외쳤다.

수중익선에는 휴대용미사일만 있는 것이 아니다. 중기관총까지 있으며, 기관단총과 자동소총으로 무장한 자들이 20여 명이나 득실거리고 있다.

그에 비해서 연달아 일행이 탄 헬리콥터는 민간용이다. 무기라고 있어봤자 기껏 권총이 전부일 것이다. 처음부터 상대가 되지 않는 싸움이다.

연달아가 수중익선을 향해 위에서 아래로 비스듬히 내리

꽂히듯이 돌진하자 세 여자는 아연 긴장했다.

“저 배로 공간이동을 할 것이다.”

그러나 연달아는 태연하게 말했다.

“헬기는 어떻게 하고?”

고방아가 따지듯이 묻자 연달아는 의아한 표정을 지었다.

“버리면 안 되는 것이냐?”

“아, 아냐. 버려도 돼.”

고방아는 지금 그런 것을 따질 때가 아니라는 것을 깨닫고 곧 고개를 가로저었다.

그런데 아랑이 또 다른 문제를 제기했다.

“오빠! 만약 그렇게 하다가 헬기와 저 배가 충돌하면 어떻게 하지?”

“그렇군.”

연달아가 깨달은 듯 고개를 끄덕이자 고방아가 권총으로 연달아를 겨누며 험악하게 인상을 썼다.

“그런 것도 생각하지 않았다는 말이야? 너 내 손에 죽고 싶은 거야?”

헬리콥터가 2km 정도로 가까워지자 수중익선의 2층에서 휴대용미사일을 발사하려는 것이 보였다.

“오빠! 소녀가 한 번 해볼게요!”

그때 을지은한이 상체를 앞으로 숙이면서 앞창 밖을 쏘아
보며 야무지게 말했다.

고방아가 의아한 표정을 지었다.

"뭘 할 건데?"

"저기 대포, 아니, 미사일을 쏘려는 자를 소녀가 한 번 무찔
러 보겠어요."

을지은한은 독특한 언어구사력으로 설명했다.

"해봐라."

연달아가 허락하자 을지은한은 창밖을 똑바로 주시하며
입으로 뭐라고 중얼거렸다.

"물과 하늘의 정령은 나 을지은한의 명을 받으라."

고방아와 아랑은 마치 무당이 주문을 외우는 것 같은 을지
은한을 어리둥절한 표정으로 쳐다보았다.

그때 을지은한이 오른손 검지로 허공에 대고 어떤 한 글자
를 휘갈기듯 썼다.

고방아는 그것이 한자로 창(槍)이라는 것을 알아보았다. 옛
날 군사들이 싸울 때 사용하는 '창'을 왜 갑자기 허공에 쓰는
것인지 이유를 알 수가 없었다.

"수뢰둔(水雷屯)!"

순간 을지은한이 방금 허공에 쓴 '창' 자를 창밖 수중익선
을 향해 털어내듯이 희고 섬세한 손을 흔들었다.

그러자 휴대용미사일을 헬리콥터를 향해 겨누고 있는 자의 백여 미터 앞 허공에서 느닷없이 하나의 밝은 빛이 번쩍하고 빛나더니 어두운 밤하늘을 뚫고 하나의 가느다란 빛살이 되어 그자를 향해 쏘아갔다.

설명은 길었으나 빛이 번쩍이고 가느다란 빛살이 쏘아가서 그자의 가슴 한가운데를 관통하고 아스라이 어둠 속으로 사라진 것은 한순간에 일어난 일이다.

을지은한은 눈도 깜빡이지 않고 입술을 꼭 깨문 채 계속해서 허공에 '창' 자를 써서 날려 보냈다.

그럴 때마다 수중익선 근처에서 섬광이 번쩍이더니 하얗고 가느다란 빛, 즉 백색창이 수중익선에 있는 자들을 차례로 적중시켜 꿰뚫고 거꾸러뜨렸다. 그 광경은 마치 나무에서 낙엽들이 우수수 떨어지는 것 같았다.

을지은한의 능력은 육십사괘를 이용하는 것이다. 육십사괘는 우주를 이루고 있는 모든 원소와 그것들이 서로 운행하고 상생, 상극하는 이치를 말한다.

그러므로 을지은한은 우주의 모든 원소와 이치를 이용하는 능력을 지녔다는 뜻이다.

놀라운 일이다. 불과 10초 정도 사이에 수중익선 외부에 서 있던 자 20여 명이 모조리 쓰러졌다.

그들이 죽었는지 어쨌는지는 아직 알 수가 없다. 하지만

을지은한이 적을 무력하게 만들었다는 것만은 분명한 사실
이었다.

어느덧 헬리콥터는 수중익선에 백여 미터 거리로 가까워
졌다. 연달아는 전능을 일으켜서 수중익선을 정지시키려고
시도해 보았다.

그것은 전능만으로 되는 것이 아니다. 전능만큼 중요한 것
은 그의 하고자 하는 의지다.

'멈춰라!'

그 스스로 전능과 의지가 최고조에 이르렀다고 판단했을
때 속으로 외쳤다.

쿠우우우우.

갑자기 수중익선의 속도가 뚝 떨어지더니 수면 위로 드러
나 있던 선체가 서서히 물속으로 가라앉기 시작했다. 그리고
는 잠시 후에는 완전히 정지해 버렸다. 그냥 멈춘 것이 아니
라 시동이 꺼져 버린 것이다.

쿠타타타타ㅡ

헬리콥터는 수중익선 옆쪽 300미터 거리 수면에서 50미터
상공에서 정지비행을 하고 있다.

그때 갑자기 헬리콥터가 기우뚱하는 것 같더니 그대로 수
면을 향해 곤두박질쳤다.

스으으.

수중익선 2층 선실 밖에 흐릿한 빛이 나타나는 것 같더니 곧 연달아 일행이 갑자기 모습을 나타냈다.

연달아가 두 팔로 고방아와 을지은한을 끌어안은 모습인데 아랑이 보이지 않았다.

"그만 좀 놔라. 숨 막히잖아."

고방아가 작게 몸부림치면서 투덜거리자 연달아는 두 팔을 풀어주었다.

고방아는 즉시 연달아에게서 떨어지며 날카로운 시선으로 주위를 둘러보며 오른손에 쥐고 있는 권총을 들어 올렸다.

고방아와 을지은한 안쪽에 파묻혀 있던 아랑이 콩! 하고 바닥에 내려섰다.

퍽! 콰타타타탁—

그때 아무도 없는 빈 헬리콥터가 바다에 떨어져서 몸부림을 쳐댔다.

연달아는 주위에 쓰러져 있는 몇 명의 사내를 빠르게 쳐다보았다.

그들은 휴대용미사일과 기관단총, 자동소총 따위를 지니고 있었는데 쓰러진 채 꼼짝도 하지 않았다. 을지은한에게 당한 자들이다.

하지만 그들의 몸에는 어떠한 상처도 없었다. 다만 가슴이

나 목 부위가 약간 젖었을 뿐이다.

연달아는 한 번 쳐다보는 것만으로 그들이 이미 숨이 끊어졌다는 것을 알았다.

을지은한의 육십사괘는 한 치의 인정도 갖고 있지 않았다. 그녀는 너무도 순진하고 또 가녀리지만 적을 대할 때에는 마녀로 돌변했다. 그녀가 공격할 때는 성격하고는 상관이 없는 듯했다.

"2층은 내가 살펴볼게."

고방아는 오른손에 USP를 쥔 상태에서 다시 왼손에 시그 자우어를 뽑아 쥐고 2층 선실을 향해 걸어갔다.

연달아가 그녀를 잠시 쳐다보다가 아래층으로 이어진 계단을 내려가자 아랑과 을지은한이 뒤따랐다.

"은한, 넌 어디 가? 당장 이리 못 와?"

"네……."

을지은한은 은근슬쩍 연달아에게 묻어서 가려다가 찔끔해서 고방아 쪽으로 갔다.

연달아와 아랑이 아래층으로 내려가는 도중에 아래층의 열린 뒷문으로 권총을 쥔 두 명의 사내가 두리번거리면서 나서는 것을 발견했다.

그들은 수중익선이 갑자기 멈추자 원인을 알아보려고 나오는 듯했다.

“엇?”

두 명의 사내는 계단을 내려오고 있는 연달아와 아랑을 발견하고 급히 권총을 쏘려고 했다.

하지만 그보다 빨리 아랑의 염력이 포탄처럼 뿜어져서 그들의 머리와 가슴을 강타했다.

퍼퍽!

그런데 염력이 너무 강하고 또 거리가 가까워서 한 사내는 머리통을 박살 내고 또 한 사내는 가슴이 뻥 뚫렸다. 잘 익은 수박이 으깨어지듯이 터진 머리통에서 피와 뇌수가 허공으로 쏟아져 흩어졌고, 뻥 뚫린 가슴 뒤쪽으로 살덩이와 조각난 내장, 피가 확 뿜어졌다. 그와 함께 역겨운 피비린내가 진동했다.

“악!”

그 광경이 너무 끔찍해서 아랑은 비명을 지르며 연달아에게 찰싹 달라붙었다.

그녀는 두 팔로 연달아의 허리를 꼭 끌어안은 채 눈을 질끈 감고 몸을 오들오들 떨었다.

“괜찮다. 랑아.”

연달아는 아랑의 머리를 부드럽게 쓰다듬어 주고는 다시 계단을 내려갔다.

아랑은 한 손으로 그의 옷을 꼭 잡고 자기가 방금 죽인 시체를 보지 않으려고 노력했다.

그 모습은 마치 아버지를 따라서 처음 초등학교에 입학하러 가는 어린 계집아이 같았다.

계단을 다 내려온 연달아는 아래층 선실 모퉁이 뒤에 누군가 한 명이 숨어 있는 기척을 감지하고 그쪽을 쳐다보았다.

순간 모퉁이에서 하나의 검은 그림자가 튀어나오면서 그에게 라이플을 겨누었다.

휙!

그 순간 아랑이 고개를 번쩍 들면서 이를 악물고 싸늘하게 검은 그림자를 쏘아보았다.

콰득!

"끅!"

아랑이 검은 그림자를 쏘아보는 것만으로 염력이 뿜어져서 그자의 목을 그대로 부러뜨렸다.

꿍!

검은 그림자는 목이 뒤로 확 젖혀져서 벌렁 자빠졌다.

아랑은 방금 전에 자기가 죽인 두 명의 모습이 너무 끔찍하다고 바들바들 떨더니 연달아가 위험하다는 생각이 들자 언제 그랬냐는 듯이 염력을 발휘했다.

그런데 뒤로 자빠진 검은 그림자가 끅끅 거리면서 뭐라고 중얼거렸다.

“제… 제마…….”

연달아는 움찔했다. 그는 잘못 듣지 않았다. 검은 그림자는 분명히 ‘제마’ 라고 말했다.

그것은 함경도 사투리로 ‘어머니’ 라는 뜻이다. 더구나 방금 들은 것은 여자 목소리다. 그녀는 죽어가면서 어머니를 부르고 있다.

고구려에서 연달아가 속한 연 씨는 동부의 귀족, 즉 동부를 지배했다.

고구려의 동부라면 지금의 강원도와 함경도, 만주 동쪽의 광활한 지역이다.

더구나 동부 귀족은 그 당시의 남경(南京), 지금의 함경도 흥남시를 본거지로 하고 있었다.

연달아도 어머니를 ‘제마’ 라고 부르며 자랐다. 아니, 커서도 어머니가 돌아가실 때까지 ‘제마’ 라고 불렀다.

너무도 정겨운 이름 ‘제마’, 그 말을 타국 땅 바다 위에서 듣게 될 줄은 생각하지도 못했다.

“안 죽었나 봐.”

아랑은 겁먹은 표정을 짓고 한 손으로 연달아의 옷을 꼭 붙잡고 있으면서도 검은 그림자에게 다시 염력을 발휘하려고 했다.

“하지 마라.”

무슨 생각에선지 연달아는 조용히 말하고 검은 그림자에게 다가가 굽어보았다.

검은 그림자, 아니, 그녀를 보는 순간 연달아는 누군지 즉시 알아보았다.

아까 그가 헬리콥터를 조종하여 수중익선에 접근하고 있을 때 저격을 하여 그의 심장에 한 발의 총탄을 명중시켰던 단발머리 여자 바로 그녀였다.

아랑은 두 명의 사내를 너무 처참하게 죽인 것 때문에 두 번째 염력은 자신도 모르게 훨씬 약하게 발휘했다. 그것이 단발머리를 즉사시키지 못하고 어설프게 목뼈를 꺾어놓은 것이다.

하지만 이대로 놔둔다면 단발머리는 몇 분을 버티지 못하고 죽게 될 것이다.

단발머리는 두 눈에서 눈동자가 완전히 사라졌고 흰자위만 희번덕였다.

그리고 크게 벌어진 입에서는 가래 끓는 소리에 섞여서 헐떡이며 중얼거리는 알아듣기 어려운 말이 흘러나왔다.

“끄으… 제… 마…….”

하지만 연달아는 그게 무슨 말인지 알아들었다. 또한 그는 단발머리의 흰자위만 남은 두 눈에서 눈물이 흘러 귀를 적시는 것을 발견했다.

　연달아 일행이 수중익선을 완전히 장악하는 데 걸린 시간은 채 3분도 걸리지 않았다.
　고방아와 을지은한은 2층 선실 안에 숨어 있던 한 명을 제압했는데 그는 북한 암살팀이 아니라 수중익선의 선주이자 선장이었다.
　그에게 잘못이 있다면 돈을 받고 암살팀을 태운 배를 몰았다는 것뿐이다.
　일층과 선창에서 다섯 명을 발견했는데 끝까지 저항하고 또 선창에 감금되어 있는 김정남을 죽이려고 하는 바람에 김정남을 제외한 다섯 명 모두 죽여 버리고 말았다.
　라이언 일행이 탄 쾌속보트가 정지해 있는 수중익선에 도착했으나 수중익선이 너무 높아서 올라오지 못하고 사다리를 내려달라고 시끄럽게 고함을 질러댔다. 하지만 연달아 일행은 못들은 체하고 자기들 할 일만 했다.

　일층 선실 안의 푹신한 의자에 앉은 연달아는 페리부두에 남아 있는 한상희에게 텔레파시로 지금의 상황을 간략하게 설명해 주었다.
　[그 배에 선장이 살아 있습니까?]

설명을 듣고 난 한상희가 물었다.

'살아 있다.'

[라이언은 어디에 있습니까?]

'이 배에 태워달라고 아우성치고 있다.'

[그럼 마카오로 돌아오지 마시고 배를 몰고 곧장 공해(公海)로 가십시오. 이곳으로 돌아오시면 분명히 라이언이 따라올 것입니다. 그러면 귀찮아집니다. 또한 이쪽에도 약간의 소란이 있었기 때문에 여러모로 오빠께서 돌아오지 않으시는 편이 좋습니다.]

'공해?'

[선장에게 북위 22도 17분, 동경 114도 25분으로 가라고 하십시오.]

연달아는 의아한 표정을 지었다.

'그곳이 어디냐?'

[그곳에 가시면 다물의 요원이 기다리고 있을 것입니다. 그럼 그와 함께 대한민국으로 돌아가시면 됩니다.]

고방아와 아랑, 을지은한은 연달아 주위에 올망졸망 모여 앉아서 그를 말끄러미 바라보고 있다.

마치 벌레를 물고 돌아온 어미 제비의 입을 바라보는 새끼 제비들 같았다.

'상희야, 너는 어떻게 할 테냐?'

한상희는 연달아가 그렇게 물어봐 준 것이 고마운 듯 금세 상냥한 목소리로 대답했다.

[저는 옥군 오빠하고 다물의 제트여객기 편으로 귀국하겠습니다. 걱정해 주셔서 감사합니다.]

'옥군 오빠?'

[아… 감마 정옥군님 말입니다.]

연달아는 짧은 시간에 한상희가 정옥군을 '오빠'라고 부르는 사이가 됐다는 생각에 절로 미소가 머금어졌다.

텔레파시를 끊은 연달아는 고방아 등에게 한상희와의 대화 내용을 얘기해 주었다.

"망망대해로 나가라는 거야?"

"그렇다."

"그럼 가지 뭐."

이런 상황에서 더구나 캄캄한 밤에 김정남을 태운 채 수중익선을 몰고 망망대해로 나가라고 하면 어느 누구라도 놀랄 텐데 세 여자는 아무도 그러지 않았다.

고방아는 원래 대범한 성격인데다 연달아가 있기 때문에 아무 걱정도 하지 않았다. 아랑과 을지은한은 겁이 많은 편이지만 연달아의 곁에만 있으면 지옥에 간다고 해도 웃으면서 따를 여자들이다.

김정남은 아직 아래 선창에 감금되어 있는 상태다. 조금 전에 배에 있던 사내들이 김정남을 죽이려고 해서 연달아와 아랑, 을지은한이 구하는 과정에서 김정남의 얼굴을 잠깐 봤을 뿐 다시 가두어놓았다.

연달아 일행은 다시 일층 선실을 나와 이층으로 향했다. 선장에게 가야 할 방향을 알려주려는 것이다.

제49장

고방아 CIA를 무찌르다

R U N N E R
런너

연달아 일행이 일층 선실을 나와서 계단으로 가고 있을 때
수중익선의 고물 쪽에서 라이언과 CIA요원들이 권총을 쥐고
줄지어서 달려오고 있었다. 쾌속보트에 있던 밧줄을 수중익
선에 걸고 올라온 것이다.

그들은 모두 권총을 지니고 있으며 달려오면서 연달아 일
행을 향해 권총을 겨누며 위협적인 자세를 취했다.

연달아가 맨 앞에 있는데 고방아가 앞으로 나서며 라이언
에게 영어로 냉랭하게 말했다.

"여기 상황은 끝났어. 물러나."

라이언은 고방아의 유창한 영어와 당당한 태도에 약간 놀라는 표정을 짓더니 곧 차분하게 말했다.

"당신들은 누군가?"

"그런 것은 알 필요 없어. 당신들은 그냥 조용히 물러가기만 하면 돼."

라이언은 복잡한 표정을 지으며 물었다.

"미스터 김, 김정남은 어디에 있나?"

"김정남은 우리가 대한민국으로 데리고 간다."

그때 라이언 뒤에 있는 요원이 한쪽 방향을 보고 놀라서 나직이 그를 불렀다.

"보스."

라이언은 그가 가리키는 곳을 보다가 얼굴을 찌푸렸다. 조금 전에 아랑에게 머리통이 박살 나고 가슴이 뻥 뚫려서 죽은 두 구의 시체가 옆쪽에 끔찍한 모습으로 널브러져 있는 것을 발견한 것이다.

라이언이 보기에 그들은 마치 커다란 해머에 머리를 얻어맞고 또 포탄에 가슴이 관통된 것 같은 모습이다. 절대로 총에 맞아 죽은 모습은 아니었다.

라이언은 수중익선에 최소한 25명 이상의 북한의 암살팀이 득실거리고 있었다는 사실을 알고 있다. 그런데 지금은 그들이 한 명도 보이지 않았다. 아니, 옆쪽에 끔찍하게 죽어 있는 2명이 전부다.

그로 미루어 봤을 때 그들이 모두 죽었거나 제압당했다는 사실을 알 수가 있다.

그리고 바로 눈앞에 서 있는 고방아와 연달아 등이 그랬을 것이라고 짐작했다.

그것뿐이 아니다. 라이언은 아까 미사일이 헬리콥터를 명중시키기 직전에 느닷없이 직각으로 방향을 꺾어 빗나갔던 일과 헬리콥터가 바다에 추락했는데 헬리콥터에 타고 있던 연달아 일행이 버젓이 수중익선에서 모습을 나타낸 것에 대해서 매우 불가사의하게 생각하고 있었다.

"당신들은 누군가? 신시그룹 사람들인가?"

그렇게 묻는 라이언의 목소리가 묵직하게 가라앉았다. 그가 그렇게 묻는 것은 연달아 일행이 신시그룹 소유의 제트여객기를 함께 타고 왔기 때문이다.

라이언은 무슨 일이 있어도 김정남을 수중에 넣고 또 그를 미국으로 압송해야 하는 막중한 임무를 띠고 있다.

하지만 목적을 위해서 자신을 비롯한 부하 전부를 위험에 빠뜨리게 될지도 모르는 실수를 저지르고 싶지는 않았다.

그가 보기에 연달아 일행은 결코 평범한 인물들이 아니다. 그들이 보여주었던 일들과 그리고 눈앞에 벌어져 있는 광경이 그것을 입증하고 있다.

라이언과 부하들은 모두 여덟 명이며 수적으로 연달아 일행의 두 배다. 하지만 싸움은 머릿수만 갖고 하는 것이 아니라는 것을 그는 너무나 잘 알고 있다.

"자, 이제 당신들 보트를 타고 왔던 길로 조용히 돌아가는 게 어떻겠어?"

고방아가 강압적으로 말하면서 태연한 동작으로 허리에 차고 있던 USP를 뽑았다.

쏘려는 것이 아니라 그냥 별다른 뜻 없는 동작이다. 위협을 하려면 말만 할 것이 아니라 권총이라도 뽑아야 좀 더 효과가 있을 것 같은 그런 막연한 생각에서였다.

고방아의 바로 앞에 있는 라이언은 그런 그녀의 의도를 충분히 알아챘다.

그러나 문제는 라이언 뒤 양쪽에 있는 요원들은 그렇게 생각해 주지 않는다는 사실이다.

그들은 고방아가 라이언을 공격하는 것이라고 판단했다. 이런 상황에서는 상대보다 먼저 공격해야 하는 것이 요원들이 교육받은 매뉴얼이다. 그래서 그들은 훈련 매뉴얼대로 반사적으로 행동했다.

그들은 원래부터 권총으로 고방아와 연달아 등을 겨누고 있었기 때문에 단지 방아쇠만 슬쩍 당기면 된다.

라이언은 그것을 잘 알기 때문에 다급하게 외쳤다.

"발사하지 마라!"

탕! 탕!

그러나 한발 늦었다. 라이언 바로 뒤쪽 좌우 두 명의 요원의 권총이 불을 뿜었다.

라이언은 양쪽 고막이 찢어질 것 같은 권총 발사음을 듣는 순간 가슴이 철렁 내려앉았다.

그의 부하들은 명사수들이다. 더구나 코앞에 있는 목표물이니 실수할 리가 없다. 그러므로 고방아는 죽을 것이다.

그럴 경우에 야기될 수 있는 문제와 상황이 라이언의 머리를 번개처럼 때리고 지나갔다.

총이 발사된 그 찰나지간에 어떻게 그렇게 많은 생각들을 할 수 있는 것인지 신기했다.

그런데 이변이 벌어졌다. 라이언 앞의 고방아가 멀쩡하게 서 있는 것이다.

피기 튀지도 않았고 총탄에 맞지도 않았다. 아니, 그녀는 발끈 성질을 내고 있다.

"너희 지금 나한테 총 쏜 거야?"

그 순간 라이언은 무엇인가를 발견하고 얼굴이 귀신을 본 것 같은 표정으로 돌변했다.

고방아의 얼굴, 아니, 미간 앞 두 뼘 거리 허공에 총탄 두 개가 정지한 채 떠 있었다.

이것은 절대 꿈이 아니다. 눈을 깜빡거리고서 다시 쳐다봐도 총탄이 분명했다.

두 개의 총탄은 허공에 정지한 상태에서 맹렬하게 회전을 하고 있었다.

그것은 총탄이 권총에서 발사되어 지금도 운동에너지가 작동하고 있으며, 뭔가 보이지 않는 벽에 가로막혀서 앞으로 나가지 못하고 있다는 뜻이다.

물론 총탄을 막은 사람은 고방아 뒤에 우뚝 서 있는 늠름한 연달아다.

과연 라이언의 부하들은 명사수들이다. 총탄이 멈추지 않았으면 두 발 다 그대로 고방아의 미간을 관통했을 것이다.

고방아는 왼손을 내밀어 무슨 벌레라도 잡듯이 손가락으로 총탄을 잡으며 인상을 썼다.

"이런 장난감으로 날 죽일 수 있다고… 앗! 뜨거!"

그녀는 비명을 지르며 급히 총탄을 놓고 손을 거두었다.

따딱!

그러자 두 개의 총탄이 그녀의 발 앞의 바닥에 떨어져 떼구루루 굴렀다.

놀란 사람은 라이언만이 아니다. 방금 총을 쏜 두 명의 부하도, 그리고 나머지 부하들도 자신들의 눈앞에서 벌어진 일을 믿지 못하는 표정이다.

고방아는 방금 총탄을 잡았던 왼 손가락을 입에 대고 호호 불면서 라이언을 윽박질렀다.

"이것들이 정말! 순순히 물러날 거야? 아니면 뜨거운 맛을 볼래?"

그러면서 그녀는 연달아를 힐끗 뒤돌아보았다. 지난번 백암연수원에서 연달아가 그녀의 등에 심어준 환두대도를 어떻게 뽑는지 가르쳐 달라는 눈짓이다.

'그냥 뽑으면 된다.'

연달아가 텔레파시를 보냈다.

[글쎄. 그냥 어떻게…….]

'뽑을 수 있다고 생각하면서 뽑으면 된다.'

[그렇다는 말이지?]

'그래. 하지만 뽑을 때 사람이 없는 방향으로 뽑아라.'

[접수.]

라이언과 요원들은 고방아가 왜 말을 하다 말고 가만히 서 있는지 의아하게 생각하지 않았다.

그보다는 어떻게 해서 발사된 총탄이 그녀의 얼굴 앞에서 뚝 정지했는지에 대해서 아직도 놀라고 또 골똘하게 생각하는 중이다.

고방아는 오른손의 USP를 허리벨트에 꽂으면서 라이언에게 경고했다.

"이게 마지막 경고다. 지금 당장 물러가지 않으면 내가 손을 쓸 수밖에 없다."

이어서 그녀는 오른손을 자신의 목 뒤로 돌려 목덜미에서 환두대도를 뽑는다는 생각을 하면서 주먹을 쥐고 힘차게 뽑으면서 슬쩍 왼쪽으로 몸을 틀었다.

쐐애액!

쩡―

그 순간 고막을 찢는 듯한 바람 소리와 한겨울 밤에 두껍게 언 얼음이 깨지는 듯한 소리가 동시에 터졌다.

라이언은 고방아가 오른손을 목덜미에 댔다가 갑자기 뿌리치자 흐릿한 반달 같은 것이 왼쪽 선실 쪽으로 뿜어지는 것을 발견했을 뿐이다. 그것은 마치 눈앞에서 번갯불이 번뜩이는 것 같았다.

라이언의 시선이 번갯불 같은 반달이 뿜어진 오른쪽으로 향했다. 그곳은 방금 전에 두꺼운 얼음이 깨지는 소리가 났던 곳이다.

"……"

그런데 라이언의 얼굴에 극도의 경악과 불신이 동시에 떠올랐다. 그리고 눈은 찢어질 듯이 잔뜩 부릅떠졌다.

그만 그런 것이 아니라 그의 부하들도 같은 곳을 보면서 똑같은 표정을 짓고 있었다.

　2층으로 뻗어 있는 계단 옆 선실이 잘라져 있었다. 오른쪽 위에서 왼쪽 아래로 비스듬히 1.5미터 정도가 반 뼘 폭으로 쩍 갈라져 있는 광경이다.

　그런데 그것만이 아니다. 갈라진 양쪽 부위가 용광로에서 방금 꺼낸 것처럼 시뻘겋게 달구어져 있었다.

　즉, 엄청난 강도의 불칼이 종이를 벤 듯 갈라진 부위가 녹아서 흐르고 있는 것이다.

　하지만 선실의 재질은 분명히 쇠다. 그것도 최소한 두께 2㎝ 정도다.

　그런데 그것이 1.5미터 길이로 쪼개져서, 아니, 베어져서 녹아 흐르고 있었다.

　이곳의 시간만 정지한 듯했다. 연달아를 제외한 모든 사람들이 그 광경을 보면서 놀라움을 금치 못했다.

　물론 연달아 쪽 사람들 놀라움과 라이언을 비롯한 요원들의 그것이 같을 수는 없다.

　고방아는 자기가 해놓고서도 그 결과에 소스라치게 놀랐다. 그녀는 자기가 환두대도를 뽑았기 때문에 쇠로 된 벽이 쪼개져서 녹아내리고 있다는 사실을 인정하는 데 약간의 시간이 필요했다.

　그런 다음에는 가슴속이 간질거리는 기쁨과 만족함이 찾아들었고, 그리고 아무도 말릴 수 없는 기고만장이 그녀의 온

몸에서 폭발했다.

척!

"이래도 안 갈 거냐?"

그녀는 환두대도를 들어 라이언을 똑바로 가리키며 싸늘한 미소를 지었다.

'허걱!'

그녀는 환두대도를 라이언에게 가리키고 나서 움찔 놀랐다. 겉으로 보기에는 살짝 놀란 것 같지만 사실 속으로는 무지하게 놀랐다.

라이언에게 똑바로 가리킨 환두대도가 활활 불타고 있었기 때문이다.

동그랗게 떠진 그녀의 시선이 스르르 굴러서 환두대도를 잡고 있는 자신의 오른손으로 향했다.

환두대도가 불칼로 변했으면 그것을 잡고 있는 자신의 손은 어찌 됐는지 궁금했다.

'엄마야!'

순간 그녀는 기겁했다. 이번에는 살짝 놀라고 자시고 할 겨를도 없었다.

그녀가 강심장이기는 하지만 자신의 손이, 아니, 손목까지 활활 불길에 휩싸여 있는 것을 보고는 혼비백산해서 강심장이 박살 나서 목구멍 밖으로 튀어나오는 줄만 알았다.

그녀는 눈을 커다랗게 뜨고 자신의 오른손을 멀뚱멀뚱 쳐다보았다. 그런데 어찌 된 일인지 조금도 뜨겁지 않았다.

바로 그때 그녀의 머릿속에서 연달아의 목소리가 잔잔하게 울렸다.

'불길은 방아 너의 감정이다. 감정이 격해지면 불길이 거세지고, 반대로 감정을 가라앉히면 불길이 사라질 것이다. 그러니 감정을 잘 조절해라.'

고방아는 눈동자를 또르륵 굴리더니 입가에 회심의 미소를 머금었다.

'호홍! 그런 거였어?'

그녀의 오른손에 쥐어져 있는 것은 예사 환두대도가 아니다. 그것은 연달아가 전능과 의지를 충만하게 주입시켜서 그녀의 몸과 합일시켜 준 전능자지검인 것이다.

연달아는 그녀가 말귀를 알아들었으니까 이제 감정을 추스를 것이라고 짐작했다.

그러나 그것은 연달아의 오산이었다. 그는 아직까지도 고방아라는 여자, 아니, 엽기적인 인간에 대해서 모르는 것이 아주 많다.

라이언은 불길이 활활 타오르는 불칼이 자신에게 겨누어지자 경악하면서도 극도로 긴장하여 주춤거리며 뒤로 물러나고 있었다.

그때 고방아가 성난 망아지처럼 거센 콧김을 뿜으면서 라이언에게 바짝 다가들며 환두대도, 아니, 전능자지검을 마치 그림을 그리듯이 이리저리 마구 휘저었다.

"갈 거야, 안 갈 거야?"

푸아아악─!

전능자지검의 불길이 방금 전보다 두 배 이상 거세게 확 일어나며 허공에 불꽃을 마구 일으켰다.

즉, 신바람 난 고방아가 감정을 추스르기는커녕 오히려 더 일으킨 것이다.

연달아는 어이없다는 표정을 짓다가 손바닥으로 자신의 이마를 짚었다.

'정말 방아는 못 말리겠군.'

"으으……."

라이언은 다급하게 마구 뒷걸음치더니 갑자기 몸을 돌려 부하들과 함께 고물 쪽으로 죽을힘을 다해서 달려가 점프하듯이 쾌속보트로 우르르 뛰어내렸다.

부우웅─

그리고 잠시 후에 쾌속보트는 시동을 걸고 요란한 소리를 내면서 순식간에 아스라이 사라져 갔다.

연달아 일행은 난간가에 모여서서 멀어지는 쾌속보트를 바라보았다.

"<u>흐흐흐</u>."

그때 고방아가 갑자기 이상한 웃음소리를 냈다.

그녀는 여전히 불길이 활활 타오르고 그 속에서 시뻘겋게 이글거리는 전능자지검을 이리저리 휘두르면서 얼굴 가득 득의만면한 표정을 지었다.

"으헤헤헤! 정말 마음에 든다! 자지검!"

"전능자지검이다."

연달아가 수정해 주었다.

"푸핫핫핫! 그래 전능… 자지검!"

을지은한이 신기한 듯 눈을 빛내면서 고방아에게 물었다.

"언니, 그 불칼이 자지검이에요?"

"핫핫핫! 그래! 무적의 검이다!"

아랑은 얼굴을 찌푸렸다.

"이름이 이상해."

연달아가 다시 지적해 주었다.

"전능자지검이다."

고방아는 고개를 끄덕였다.

"그래. 하지만 전능하고 자지검을 떼서 말해야 한다."

"왜 그렇죠?"

을지은한이 궁금한 듯 물었다.

"왜냐하면."

전능자지검의 불길이 더욱 거세졌다.

"이것은 전능한 자지검이기 때문이지! 푸헤헤헤!"

고방아는 세상을 다 가진 듯 기세 좋게 웃더니 왼손으로 연달아의 엉덩이를 툭툭 두드렸다.

"고맙다, 달아."

아랑과 을지은한은 감히 연달아의 엉덩이를 그것도 어린 아이에게 하듯이 두드리는 고방아를 놀란 듯 그러면서도 존경스러운 표정으로 바라보았다.

수중익선은 전속력으로 밤바다를 가르며 달렸다.

2층 선실 밖에는 ㄷ자로 의자가 부착되어 있는데 연달아 등은 그곳에 앉아 있다.

선장이 다른 방향으로 갈지도 몰라서 감시를 하려는데 그냥 다 같이 2층에 모여 있기로 했다.

그들 앞의 바닥에는 북한 암살팀 단발머리 저격수가 무릎이 꿇린 채 앉아 있다.

아까 연달아가 부러진 목을 고쳐 줬기 때문에 지금 단발머리는 말짱한 상태다.

연달아는 그녀가 함경도 사투리를 쓰는 바람에 살려주고 싶은 마음이 생겼다.

그런데 살려주고 나니까 그녀가 유일한 생존자라는 사실

을 알게 되었다.

그래서 그녀에게 몇 가지 심문을 해야겠다고 생각하여 그녀의 정신을 제압해 놓은 상태다.

"이름이 뭐니?"

연달아는 단발머리를 굽어보면서 조용한 목소리로 물었다. 고향 사람이라서인지 그의 목소리가 꽤나 부드러웠다. 하지만 지금 그는 마음이 착잡했다.

고구려가 멸망함으로써 그 광활한 영토는 대부분 당나라의 손에 넘어갔다.

하지만 그나마 남은 땅덩이, 즉 한반도를 끝내 지켜내지 못하고 어째서 허리가 잘려서 두 동강이를 냈어야만 했는지 이해하기가 어려웠다.

그래서 남과 북이 같은 민족이면서도 왕래하지 못하고 부모형제, 친척들이 뿔뿔이 흩어져 만나지 못하고 있다. 더구나 서로 총칼을 겨눈 채 철천지원수 대하듯 적대시하고 있다는 사실이 너무도 가슴 아팠다.

대한민국에서는 그것을 '분단'이라고 한댔다. 연달아에게 그것은 무척이나 생소한 말이었다. '분단'이라니, 고구려나 그 이전의 나라에서는 그런 말이 없었다. 고구려 이전의 부여나 고조선은 영토가 반 동강이 났던 적이 한 번도 없었기 때문이다.

“서양순입니다.”

단발머리는 흐릿한 눈빛으로 연달아를 바라보며 대답했다. 그런데 함경도 사투리가 아니라 표준어에 가까운, 아니, 표준어를 쓰려고 애쓰는 어투다.

북한 정찰총국 소속이 되면 모두 남한, 즉 대한민국의 표준어를 배워야 한다.

언제 간첩이나 테러요원으로 남파될지 모르기 때문에 대한민국의 표준어를 일상생활에서도 자유롭게 구사할 수 있을 때까지 배우고 또 배운다.

그렇기 때문에 단발머리 서양순도 표준어가 입에 배어 있는 것이다.

고방아는 연달아가 몹시 감상적이 된 것 같아서 자기가 심문을 해야겠다고 생각했다.

“김정남을 죽이러 몇 명이 왔느냐?”

“나까지 다섯 명입니다.”

“성별은?”

“간나는 나 하나고 나머지는 스나이들입니다.”

“뭐?”

고방아는 서양순의 말을 알아듣지 못했다. 그녀뿐 아니라 아랑이나 을지은한도 ‘간나’ 와 ‘스나이’ 라는 말이 무슨 뜻인지 알지 못했다.

"간나는 여자, 스나이는 남자다."

연달아가 팔짱을 낀 채 조용히 설명했다. 정말 오랜만에 듣게 된 고향 사투리에 그는 마음이 짠해졌다.

서양순은 정신이 제압된 상태에서도 표준어를 사용하면서 가끔 입에 익은 함경도 사투리를 썼다. 아직 표준어가 완전히 입에 배지 않았는지, 정신이 없는 상태에서 설왕설래하는 것인지 모를 일이다.

아랑은 고개를 살래살래 흔들면서 웃었다.

"무슨 말이 그래? 러시아어야? 정말 웃긴다."

"엄연히 우리나라 말이다. 랑이 너는 경상도나 전라도 사람들이 사투리를 쓰면 웃기더냐?"

그런데 연달아가 진지한 얼굴로 조용히 말하자 아랑은 움찔 놀랐다.

그는 언제나 아랑에게 자상하고 온화한 모습만 보였기 때문에 지금 그의 엄격한 모습은 아랑에게 화를 내는 것처럼 비쳤다. 그리고 그의 이런 모습은 처음이다.

"오빠… 잘못했어요……."

아랑은 깜짝 놀라 금세 눈물을 글썽이며 연달아를 바라보며 용서를 빌었다.

연달아는 일찍이 본 적이 없는 착잡한 표정으로 난간 너머의 검은 바다를 굽어보며 중얼거렸다.

"전부 내 잘못이다. 그들도 우리와 같은 민족이거늘 앞뒤 생각하지 않고 마구잡이로 그들을 죽여 버렸어. 그냥 제압했어도 되는 것을."

모두들 그가 북한 암살팀을 무차별 죽인 것을 후회하고 있다는 것을 짐작했다.

"그들이 마카오까지 온 것은 그들의 잘못이 아니지 않은가? 그들에게 그런 짓을 시킨 우두머리의 잘못이다."

그의 목소리에서는 자책이 뚝뚝 흘러나왔다. 그래서 고방아와 아랑, 을지은한은 마음이 무거워졌다. 그리고 어째서 자신들은 그런 생각을 하지 못하고 마구잡이로 그들을 죽였는지 후회가 일었다.

처음에 을지은한이 육십사괘를 사용하여 수중익선에 있던 자들 거의 대부분을 죽였으며, 아랑이 두 번째로 많이 일곱 명이나 죽였다.

그러나 고방아는 아무도 죽이지 않고 2층 선실에 있던 선장을 제압하기만 했다.

연달아가 무슨 말을 하고 있는지, 그리고 그가 어떤 심정인지 세 여자에게 고스란히 전해졌다.

여리고 착한 을지은한은 연달아의 말에 뒤늦게 자신이 무슨 짓을 했는지 돌이켜 생각해 보고는, 자신이 한 짓에 스스로 공포를 느끼며 부르르 몸을 세차게 떨었다.

평소에는 겁이 많아서 벌레 한 마리조차 마음대로 죽이지 못하는 그녀가 사람을 그것도 그렇게나 많이 죽였다니 있을 수 없는 일이다.

그때는 정신에 뭐가 씌웠는지 겁 같은 것은 조금도 느끼지 못했다.

그저 연달아에게 잘 보여야겠다는 생각과 그에게 충성해야 한다는 마음밖에 없었다.

"흐앵~"

그때 아랑이 울음을 터뜨리며 연달아에게 쓰러져 그의 무릎에 얼굴을 묻었다.

"엉엉~ 잘못했어. 오빠, 내가 잘못했어."

을지은한도 왈칵 눈물이 쏟아져서 두 손으로 얼굴을 가리고 바들바들 몸을 떨었다.

연달아는 흠칫했다. 그는 적잖이 당황해서 아랑과 을지은한을 번갈아 쳐다보았다. 그리고 그는 자신이 실수를 했다는 것을 깨달았다.

아랑과 을지은한은 전사(戰士)다. 다물의 최고핵심인물로서 다물수호자인 것이다.

그녀들은 앞으로 많은 싸움을 치르면서 수백, 수천 명의 인명을 죽여야 할 운명을 안고 태어났다.

그런데 지금 몇 명을 죽인 것 때문에, 설혹 죽은 자들이 같

은 동족이었다고 해도, 죽을 이유가 명백했던 자들을 죽였다
는 이유로 아랑과 을지은한이 이처럼 후회하고 절망한다면
장차 앞으로는 어떻게 적들을 죽일 수 있을 텐가.

연달아가 당황한 표정으로 고방아를 쳐다보자 그녀는 팔
짱을 끼고 어이없다는 표정을 짓고 있었다.

[매우 훌륭했어.]

'방아… 나는…….'

[사사로운 감정을 그렇게 쉽게 드러내서 연약한 아이들을
절망의 구렁텅이로 빠뜨리다니… 도대체 달아 너는 뭐하는
인간이야?]

고방아의 생각을 텔레파시로 읽은 연달아는 입이 백 개라
도 할 말이 없었다.

고구려의 요동욕살로서, 그리고 전쟁의 신이라는 칭호를
들었던 그는 예전에 이미 사사로운 감정 따위는 모두 하늘에
날려 버리고 강물에 흘려보냈다.

그런데 21세기 현재에 와서 동강 난 한반도 북쪽의 어린 여
자아이를 보고 섣부른 감정에 휩싸여 버린 것이다.

그래서 다물 최고의 전사로 성장해야 할 아랑과 을지은한
의 의지를 짓뭉개 버리다니, 실수도 이만저만한 것을 저지른
것이 아니다.

더구나 연달아 자신은 수중익선에 있는 자들 중에서 한 명

도 죽이지 않았다. 아랑과 을지은한이 죽이도록 조종하고 방치했으면서도 이제 와서 그것을 꾸짖는 것처럼 말하여 그녀들을 절망에 빠뜨렸으니 스스로 생각해도 어이가 없는 일이었다.

'바보 같은…….'

속으로 자신을 크게 꾸짖은 연달아는 무엇보다도 아랑과 을지은한을 달래야겠다고 생각했다.

그는 두 팔을 벌리고 조용히 말했다.

"랑아, 은한아, 이리 와라."

그녀들이 비틀거리며 일어나서 눈물을 흘리며 앞에 나란히 서자 연달아는 두 팔을 벌려 그녀들의 가느다란 허리를 안으며 아랑은 왼쪽 허벅지에, 을지은한은 오른쪽 허벅지에 마주 보게 앉혔다.

"내가 잘못했다. 용서해라."

그가 진심 어린 얼굴로 말하자 두 여자는 눈물범벅인 얼굴로 무슨 소리냐는 듯 그의 얼굴을 바라보았다.

"나와 너희, 그리고 방아와 다물수호자들은 앞으로 많은 전쟁을 치르면서 셀 수도 없이 많은 적들을 죽여야 하는데, 이런 일로 너희를 마음 아프게 해서 정말 미안하다. 용서해다오."

그러면서 연달아는 깊이 고개를 숙였다.

고방아는 그런 연달아를 보면서 그의 다른 일면을 발견한 것 같아서 조금 놀랐다.

그가 내유외강(內柔外剛), 즉 겉은 강철처럼 단단하고 무뚝뚝하지만 속은 더없이 자상하고 부드럽다는 사실은 익히 알고 있었다. 하지만 그런 성격일수록 자신의 잘못을 인정하는 것을 싫어한다.

아니, 자신의 잘못인 줄도 모르고 넘어가기 일쑤다. 그런데 그는 그냥 대충 얼버무리고 넘어가도 될 일을 고개를 숙이면서까지 진심으로 반성하고 또 잘못을 인정하고 있지 않은가. 그것이 고방아를 조금 감동시켰다.

"오빠……."

연달아가 사죄하자 아랑과 을지은한은 약속이나 한 것처럼 방금 전보다 더 눈물을 흘렸다. 하지만 이것은 감격과 기쁨의 눈물이다.

"와앙!"

"흐엉!"

아랑과 을지은한은 어린아이처럼 큰소리로 울음을 터뜨리면서 그에게 와락 안겨들었다.

"그래. 앞으로는 오빠가 잘하마."

그는 두 여자의 궁둥이를 쓰다듬으며 미소를 지었다.

연달아 옆에 앉아 있는 고방아는 그의 커다란 손이 을지은한의 탱탱한, 그러나 그의 손에 비해서는 매우 아담한 궁둥이를 쓰다듬는 것을 보면서 샐쭉한 표정을 지었다.

'이놈은 틈만 나면 여자를 더듬어?'

아랑과 을지은한은 겨우 울음을 그치고 연달아의 무릎에서 내려오며 자연스럽게 그의 양옆에 앉았다.

그리고는 두 팔로 그의 팔을 하나씩 가슴에 꼭 안고는 어깨에 뺨을 기대고 행복한 표정을 지었다.

그녀들의 표정으로 봤을 때, 연달아가 죽으라고 하면 언제든 기꺼이 죽을 각오가 되어 있는 듯했다. 조금 전의 한차례 작은 우여곡절은 이들 세 사람을 더욱 결속시켜 주는 계기가 된 것 같았다.

연달아는 그녀들을 뿌리치지 못하고 그 자세에서 서양순을 계속 심문하여 몇 가지 몰랐던 사실들을 알아냈다.

제50장

투아호

RUNNER
런너

　　북한에서 온 암살팀의 임무는 김정남을 납치해서 북한으로 데려가는 것이었다. 그러나 납치가 여의치 않을 경우에는 반드시 죽어야 한다.

　　김정남을 암살하지 않고 납치하려는 목적은, 그를 북한으로 데려가서 김일성광장에 수십만 인민들을 모아놓고 그들이 보는 앞에서 공개처형을 하기 위해서다.

　　그래야지만 김정남을 추종하는 세력들이 구심점을 잃고 잠잠해질 것이다.

　　뿐만 아니라 김정은 체제에 불만을 품고 있는 다른 세력에게 반역을 하면 이런 꼴이 된다는 일벌백계(一罰百戒)의 경종을 울릴 수가 있다.

그것은 김정남을 마카오에서 아무도 모르게 암살하는 것보다 훨씬 더 효과적인 방법이고 또한 북한 지도부다운 교활한 술책이다.

북한에서 온 암살팀은 남자 네 명 여자 한 명 총 다섯 명이다. 그들은 베이징을 출발하여 상하이를 거쳐 홍콩으로 왔다. 그리고 그곳에서 미리 대기하고 있던 수중익선을 타고 마카오로 온 것이다.

그런데 수중익선에는 이미 스무 명의 남자들이 암살팀을 기다리고 있었다.

북한 암살팀은 홍콩에서 조력자와 접선하기로 했는데 바로 그들이었다.

그들 스무 명은 거의 말을 하지 않았다. 우두머리가 암살팀 우두머리와 몇 마디를 나눈 것이 전부다.

그런데 서양순은 스무 명의 우두머리가 베이징 표준어를 사용했다고 기억했다.

북한 암살팀이 홍콩까지 와서 접선한 조력자가 베이징 표준어를 사용한다는 것은 무언가 구린내를 풍기고 있다.

또한 서양순이 보기에 그들 스무 명은 마피아나 폭력조직하고는 거리가 멀고 왠지 모르게 자신과 비슷한 부류, 즉 군인 같은 느낌을 받았다고 했다.

절도있는 행동과 과묵함, 그리고 특수훈련을 받은 군인 특유의 그 무엇이 짙게 풍겼다고 했다.

암살팀이 김정남을 무사히 납치했을 경우의 도주로는 해상이었다.

홍콩 동쪽 공해상에 떠 있는 북한 선적 화물선 장산곶호와 접선, 그 배를 타고 북한으로 귀환하는 것이다.

만약 김정남을 납치하는 것도 암살하는 것도 실패했을 경우에는, 암살팀 다섯 명 전원 북한으로 귀환할 필요 없이 어금니에 머금고 있는 독약 앰플을 깨물어서 자살하는 것으로 작전을 종료한다.

연달아는 서양순의 부러진 목을 치료하자마자 그녀의 정신을 제압했다.

만약 그러지 않았다면 그녀는 분명히 어금니의 독약 앰플을 깨물어서 자결했을 것이다.

임무에 성공하든 실패하든 작전을 마치고 돌아온 사람들을 융숭하게 대접해야 하거늘, 북한은 그들을 마치 소모품처럼 한 번 사용하고 폐기 처분하려 했던 것이다.

여기까지가 연달아와 고방아가 서양순에게서 알아낸 귀중한 정보였다.

연달아는 서양순의 정신을 제압한 상태 그대로 선실에 감금해 두었다.

물론 자백을 받아낸 이후에 어금니에 머금고 있던 독약 앰플을 찾아내서 바다에 버렸다.

지금으로선 그녀를 어떻게 해야 할지 구체적인 결정을 내리지 못했다.

하지만 죽일 생각은 전혀 없다. 그녀를 대한민국으로 데려가서 국정원에 넘기거나 아니면 그녀가 지금까지 북한에 속아서 살아왔다는 사실을 깨닫게 해주고 싶다는 생각이 들기도 했다.

그래서 대한민국에서 진정한 자유를 만끽하면서 살도록 힘을 써주고 싶었다.

하지만 그것 역시 단지 막연한 생각일 뿐 구체적인 것은 아니다.

연달아 일행은 수중익선 2층 선실 밖 의자에 모여 앉아 뜬눈으로 밤을 보냈다.

누군가 선장을 감시해야 하는데 아무것도 모르는 아랑이나 을지은한에게 맡길 수는 없고, 연달아나 고방아 중 한 사람이 지키고 있어야 하는데, 그럴 바에는 아예 모두 함께 밤을 새우자고 했다.

북한 암살팀은 유람이나 즐기려고 나온 것이 아니기 때문에 수중익선에는 연달아 일행이 좋아하는 맥주나 술 같은 것이 아무것도 없었다.

연달아는 꼿꼿하게 앉아서 바다를 응시하고 있고, 좌우에 아랑과 을지은한이 앉아 그의 허벅지를 베고 엎드려서 곤하게 잠이 들었다.

그리고 고방아는 을지은한의 옆에 앉아서 바닷바람에 긴 머리카락을 흩날리면서 연달아하고는 다른 방향의 밤바다를 응시하고 있었다.

문득 연달아는 고방아를 쳐다보았다. 그런데 그의 눈이 조금 커지고 아련한 눈빛이 됐다. 그녀의 옆모습이 한 폭의 그림처럼 아름답다고 느꼈기 때문이다.

그녀의 아름다움은 꾸밈이 없다. 마치 하늘 아래에 존재하는 것들 중에서 가장 아름다운 것들을 조합해서 창조한 것이 그녀인 것만 같았다.

고방아를 바라보는 연달아의 눈빛이 그윽하게 변했다. 그의 두 눈에는 애정이 듬뿍 담겼다.

그는 되도록 고방아에게 욕심을 부리지 않으려고 한다. 그의 마지막 기억은 고구려 오골성에서 고방아가 당나라 군사에게 잡혀서 당나라로 끌려가는 것이었다.

그렇기 때문에 그녀를 잃지 않고 이렇게 함께 있는 것만으로도 그는 더 이상 바랄 것이 없다.

　그녀가 불행해지지만 않는다면, 그녀를 소유하는 것쯤은 얼마든지 기다릴 수 있다.

　아니, 죽을 때까지 그녀를 소유하지 못한다고 해도 괜찮다. 그녀가 무사할 수만 있다면 말이다.

　그때 시선을 느꼈는지 고방아가 천천히 그를 돌아보았다.

　연달아는 빙그레 부드러운 미소를 지으며 손을 뻗어 그녀의 머리를 가만히 쓰다듬었다. 생각을 하고 한 것이 아니라 무의식적인 행동이다. 그리고 그의 손바닥에 탐스러운 머릿결이 느껴졌다.

　예전 오골성에서 그가 이렇게 머리를 쓰다듬어 주면 고방아는 몹시 좋아했었다.

　그러면 그녀는 살포시 눈을 감으며 그에게 안겨오며 입맞춤을 해주곤 했었다.

　고방아가 보일 듯 말 듯 희미한 미소를 지었다. 이심전심인가. 지금의 호젓한 분위기가 그녀의 마음을 조금쯤은 너그럽게 만들어준 것 같았다.

　연달아는 손을 조금 내려 그녀의 목을 잡고 자신 쪽으로 조심스럽게 잡아당겼다.

　고방아는 그가 이끄는 대로 가만히 상체를 기울여 얼굴을 가까이 가져왔다.

두 사람 사이에는 을지은한이 있지만 그녀는 연달아 허벅지에 엎드려 자고 있어서 걸림돌이 되지 않았다.

연달아는 한 손으로 고방아의 뒷머리를 잡고 자신 쪽으로 당기며 얼굴을 가까이 가져갔다.

그녀의 붉고 도톰한 입술이 반 뼘 가까이 다가오자 그는 마치 고구려 오골성에서 달콤한 신혼생활을 했던 그때로 되돌아간 듯한 기분에 흠뻑 심취했다.

고방아가 사르르 눈을 감자 연달아는 입술을 그녀의 입술에 부드럽게 밀착시켰다. 촉촉하고 달콤한 그녀의 입술이 그의 입술에 한껏 느껴졌다.

그때 누군가의 손이 그의 성기를 힘껏 꼭 움켜잡았다. 필경 아랑일 것이다. 고것이 앙큼하게 자는 체하고 있다가 연달아가 고방아에게 입맞춤을 하려고 하니까 훼방을 놓고 있는 것일 게다.

그 바람에 연달아는 본의 아니게 움찔했다. 입술이 닿아 있는 상황에 그랬으니 고방아가 눈을 뜨는 것은 당연한 반응이다.

연달아는 당황해서 별일 아니라고 눈빛으로 변명을 했으나 이미 한 번 깨진 분위기를 만회하는 것은 역부족이다.

고방아는 마치 실수를 할 뻔했다가 뒤늦게 정신을 번쩍 차린 듯한 표정을 지으며 손가락으로 연달아의 이마를 살짝 밀어 입술을 떼면서 상체를 꼿꼿이 세웠다. 그리고는 원래의 자세로 돌아가 밤바다를 바라보았다.

'요 계집애.'

연달아는 다 된 밥에 재를 뿌린 아랑이 처음으로 원망스러웠다.

정말 다 된 밥이었다. 아무리 깐깐한 고방아지만 그녀 스스로 입맞춤을 한 번 하고 나면 그다음부터는 진도가 착착 나갔을 텐데, 생각만 해도 너무 아쉬웠다.

방금 전에 그의 성기를 꽉 움켜잡았던 앙큼한 손은 거두어져 있었다. 하지만 그런다고 누가 그랬는지 모를 연달아가 아니다.

그는 자는 체하고 있는 아랑의 궁둥이 계곡 사이를 손가락으로 아프도록 쿡 찔렀다. 지금은 그녀가 미우니까 미운 만큼 아주 깊이 세게 찔렀다. 너도 한 번 당해보라는 심사였다.

그런데 연달아의 허벅지에 엎드려 있던 을지은한이 갑자기 눈을 번쩍 떴다.

무언가 단단하고 뾰족한 것이 자신의 소중한 부위를 깊이, 그리고 아주 세게 푹 찔렀기 때문이다.

그러나 그녀는 그것이 연달아의 손가락이라는 사실을 깨닫고는 얼굴을 새빨갛게 붉히면서 다시 사르르 눈을 감았다. 물론 자기가 깼다는 것을 들키지 않으려고 움직이지 않았으며 숨소리마저 죽였다.

"동이 트고 있어."

그때 고방아가 붉게 물들고 있는 동녘 수평선 끝을 바라보며 고즈넉이 중얼거렸다.

연달아는 그녀의 시선을 따라 그곳을 바라보았다.

고방아가 손을 뻗어 연달아의 머리를 마치 개구쟁이 아들을 대하듯 쓰다듬으며 중얼거렸다.

"우린 잘할 수 있어."

"그래."

연달아는 흐뭇한 기분이 들어 빙그레 미소 지었다.

그는 고방아와의 대화와 지금의 분위기에 젖어서 자신이 손가락으로 아랑이라고 착각한 을지은한의 소중한 곳을 계속 찌르고 있다는 사실을 자각하지 못하고 있었다.

*　　*　　*

대만에서 동남쪽으로 175㎞ 해상.

망망대해 한가운데에 한 척의 호화 요트가 멈춰 있다.

호화 요트는 길이가 자그마치 260미터에 높이 58미터, 폭 35미터의 거대하면서도 날렵한 순백색의 미끈한 몸체를 아침햇살 아래에서 뽐내고 있다.

돛대는 없다. 크루즈 유람선 형태지만 호화 요트 혹은 캐빈 크루저라고 부른다.

전체 데크의 높이, 그러니까 층수가 12층이고, 정원 2,300명, 객실 600여 개에 승용차 250대를 한꺼번에 실을 수 있으며 두 대의 헬리콥터와 여러 척의 소형보트를 지니고 있는 엄청난 규모다.

또한 옥상 가운데에는 수영장과 정원, 공연장 등이 갖추어져 있으며, 선미에도 수영장과 테니스장 등 운동시설이 마련되어 있다. 이 배는 순톤수 13만 톤의 거대한 체구다.

선수 양옆에는 금박의 선명하고도 큰 글씨로 —TWOA—라고 적혀 있다. 즉, 이 호화 요트의 이름이 '투아' 라는 뜻이다.

그리고 선미에는 커다란 깃발이 잔잔한 해풍에 펄럭이고 있는데, 거기에는 한 마리 금빛 삼족오가 금방이라도 비상할 듯이 선명하게 수놓아져 있다.

"곧 연료가 바닥난다는데?"

고방아가 선장의 하소연을 2층 선실 밖에 있는 연달아에게 전해주었다.

현대의 모든 운송수단이 석유를 정제한 휘발유나 경유 따위로 움직인다는 사실을 알고 있는 연달아는 그 말을 듣고 조금 초조해졌다.

만나기로 한 다물의 정요원을 아직 발견하지도 못했는데 연료가 떨어져 버리면 수중익선은 망망대해 한가운데에서 표류하게 될 것이다.

그런 상황이 닥치면 전능자인 연달아라고 해도 대체 어떻게 해야 할지 계산이 나오지 않았다.

고방아가 선실에서 나오며 투덜거렸다.

"선장 말로는 여기가 북위 22도 17분, 동경 113도 15분이래. 대략 100㎞쯤 동쪽으로 더 가야 하나 봐."

부릉부릉.

그때 수중익선의 엔진 소리가 이상해지더니 수면 위로 솟아 있던 선체가 서서히 물속으로 가라앉기 시작했다. 마침내 연료가 떨어지고 있는 것이다.

하기야 따로 연료를 준비하지도 않고 마카오에서 여기까지 300㎞ 이상 달려왔으니 무리도 아니다.

"뭐가 보이나 좀 찾아봐!"

고방아가 답답한 듯 소리치자 연달아는 난간을 따라서 2층을 한 바퀴 돌았다.

각자 흩어져서 둘러봐야 하는데 아랑과 을지은한은 연달아만 졸졸 따라다녔다.

"오빠! 저기 보세요!"

그때 을지은한이 동쪽 방향을 가리키면서 연달아의 옷깃

을 잡아당겼다.

"어디?"

그녀의 외침에 아랑이 눈 위에 손바닥을 펴서 붙이고 그쪽 방향을 쳐다보았고, 고방아도 달려와서 쳐다보았다.

"아무것도 없는데?"

"뭐가 있다고 그래?"

그러나 고방아와 아랑의 눈에는 끝없이 펼쳐져 있는 망망 대해만 보일 뿐 아무것도 발견하지 못했다.

"섬인가?"

그런데 연달아가 그 방향을 유심히 주시하더니 나직이 중 얼거렸다.

"섬인가 봐요. 그런데 흰색이네요."

을지은한의 능력 중에는 매우 먼 곳의 사물을 볼 수 있는 놀라운 시력이 있다.

그런데 을지은한이 본 것을 연달아도 봤다. 그렇다는 것은 그에게도 그런 능력이 있다는 뜻이다.

"일단 저곳으로 가자."

망망대해에서 연료가 떨어져서 표류하는 것보다는 섬에라 도 상륙해서 주민들에게 도움을 청하는 편이 훨씬 낫다고 판 단했다.

그러나 수중익선은 채 10㎞도 못 가서 시동이 완전히 정지하고 말았다. 연료가 바닥난 것이다.

연달아와 을지은한에게는 흰 섬이 보였지만, 고방아와 아랑의 눈에는 여전히 아무것도 보이지 않았다.

시동이 완전히 꺼져 버린 수중익선은 호수처럼 잔잔한 망망대해에 뜬 채 미동도 하지 않았다. 그렇게 속절없이 시간만 흘러가고 있었다.

모두들 따가운 햇빛 아래 나와서 난간가를 서성거리며 혹은 두리번거리면서 이 난국을 타개할 방법을 찾아다녔다. 하지만 풀 한 포기 없는 망망대해 한복판에서 뾰족한 방법이 있을 리 만무했다.

결국 연달아는 전능의 힘으로 수중익선을 움직여 보기로 마음먹었다.

어떻게 해야 하는지는 모르겠지만 끌든 밀든 발버둥을 치든 무슨 수를 내야만 하는 상황이다.

그때 한참 동안 2층 선실에서 선장과 언성을 높이며 대화, 아니, 공갈협박을 하고 있던 고방아가 이마에 흘러내린 머리카락을 쓸어 넘기면서 진이 다 빠졌다는 표정으로 나왔다.

"저놈 순 후레자식이야!"

그녀는 연달아에게 다가오면서 투덜거렸다. 선장을 욕하

는 것이다.

"아무리 협박을 해도 연료 같은 것은 없다고 딱 잡아떼더니, 갖고 있는 것 다 털어주니까 비상연료가 있다고 고백하잖아. 똥물에 튀겨 죽일 놈."

연달아와 아랑, 을지은한은 반색했다. 그러면서도 고방아가 뭘 털어줬는지 궁금했다.

"언니, 선장에게 뭘 줬는데?"

그녀는 빈 왼 손목을 보여주면서 인상을 썼다.

"경찰대학 졸업 때 받은 시계하고 반지, 스마트 폰, 글록26 줬어. 아니, 뺏긴 거지."

"글록? 언니 권총 준 거야? 그렇게 아끼는 걸?"

"그럼 어떻게 하냐? 이 배에선 저 날강도 같은 놈이 대빵인데 까라면 까야지."

아랑과 을지은한은 의아한 표정을 지었다.

"뭘 까는데?"

'깐다' 는 것은 군대나 경찰들이 사용하는 은어다. 경찰대학에서 남자 동료들과 어울렸던 고방아에겐 입에 밴 말이다.

"그런 게 있어. 하지만 너희는 까고 싶어도 못 까."

"그게 뭔데 우린 못 까?"

아랑은 집요했다. 그리고 을지은한의 표정은 더 끈덕졌다. 대답을 듣지 않고는 절대로 물러날 것 같지 않았다. 벌집을 건드린 것이다.

"언니는 깔 수 있어?"

"나도 못 까."

고방아는 심드렁하게 대답하고는 한쪽에 서서 이쪽을 바라보고 있는 연달아를 턱으로 가리켰다.

"달아는 깔 수 있어."

"어떻게?"

"아 글쎄. 깔 게 있으니까."

"그게 뭔데?"

"그만 좀 해라!"

결국 고방아는 버럭 소리를 질렀다.

그때 수중익선이 다시 시동을 걸고 출발하기 시작했다. 선장이 감춰둔 비상연료를 채운 모양이다.

그 덕분에 고방아는 조금 안심이 되어 특별히 아랑과 을지은한에게 깐다는 것이 무엇인지 가르쳐 주기로 했다. 그녀는 아랑과 을지은한을 데리고 선실 뒤쪽 은밀한 곳으로 돌아가서 소곤거렸다.

잠시 후에 아랑과 을지은한의 자지러질 듯한 웃음소리가 터져 나왔다.

"까르르르!"

"오마나! 오마나! 깔깔깔깔!"

아랑의 웃음소리는 참새가 지저귀는 것 같고, ‘오마나’를
연발하는 을지은한은 방울이 딸랑거리는 것 같았다.

그리고 아랑과 을지은한이 동시에 외치듯이 묻는 소리가
청명한 늦가을 하늘에 울려 퍼졌다.

“언니! 그게 간다고 까져요?”

연달아는 씁쓸한 미소를 지었다. 듣기로 마음만 먹으면 수
십 km 밖의 소리도 들을 수 있는 그가 선실 너머에서 속삭이
는 고방아 목소리를 듣지 못하겠는가.

“뭐가 섬이야? 배잖아?”

연달아와 을지은한이 조금 전까지도 섬이라 여기고 있는
물체에 수중익선이 10여 km 거리로 가까워지자 고방아와 아
랑이 동시에 외쳤다.

“저게 배야?”

“무슨 배가 섬처럼 크죠?”

저렇게 어마어마한 배를 처음 보는 연달아와 을지은한은
놀라면서도 이해가 안 간다는 표정을 지었다.

두 사람의 상식으로는 저렇게 큰 배가 바다에 뜰 수 있다는
것이 믿어지지 않았다.

고구려의 평양성도 저 배만큼 크지 않을 것이라는 생각이
들었다.

고방아가 보기에 두 사람이 섬이라고 한 배는 호화 요트나 호화 유람선 같았다.

고방아는 대한민국 최대 항구인 부산이 고향이지만 저것처럼 큰 호화 요트는 한 번도 본 적이 없었다.

그녀가 아는 바로는 대한민국에는 저렇게 큰 호화 요트가 존재하지 않았다.

아마도 유럽이나 미국의 엄청난 재벌이 소유했거나 아니면 그쪽 나라의 호화 유람선이 잠시 정박해 있는 것이라고 생각했다.

그나저나 아무리 둘러봐도 이 지점 어딘가에서 접선하기로 한 다물의 정요원이 보이지 않았다.

망망대해에서 만나기로 했으면 그는 분명히 배를 타고 있을 텐데, 쳐다보기만 해도 입이 딱 벌어지는 저 호화 요트 외에는 아무것도 없었다.

그래도 정확한 지점인 북위 22도 17분, 동경 114도 25분까지 일단 가보기로 했다.

하지만 연달아를 비롯하여 모두들 초조한 표정을 감추지 못했다.

수중익선 선장을 언제까지 붙잡아둘 수도 없는 노릇이고, 설사 그럴 수 있다고 해도 다물의 정요원을 만나지 못하면 망망대해에서 어떻게 해볼 도리가 없는 것이다.

결국 수중익선은 호화 요트 가까이 접근했다. 속도를 늦추고 선체를 물속에 잠기게 한 상태에서 천천히 다가갔다.

그들이 보기에 호화 요트는 접선 장소에 정확하게 정박하고 있었다.

그렇다고 해도 접선자인 다물의 정요원이 저 어마어마한 호화 요트를 몰고 왔을 것이라고는 눈곱만큼도 생각하지 않았다. 아니, 못했다. 지나칠 정도로 상상을 초월하는 것이기 때문이다.

수중익선이 호화 요트와 점점 가까워질수록 호화 요트 쪽 난간가에 나란히 서 있는 연달아 일행은 입과 눈이 점점 더 크게 벌어졌다. 호화 요트의 엄청난 규모에 자신들도 모르게 압도된 것이다.

"아아… 이게 배예요? 어마어마해요."

을지은한이 뒤로 넘어지지 않으려고 난간을 두 손으로 꼭 붙잡고 호화 요트를 올려다보면서 완전히 압도당한 목소리로 중얼거렸다.

선장이 계속 가느냐고 영어로 소리쳤다. 고방아는 그만 멈추라고 더 큰 목소리로 악을 썼다.

수중익선이 호화 요트와 400미터 거리를 두고 옆쪽에 멈추자 고요한 정적이 찾아왔다.

호화 요트와 나란히 서 있는 100톤 급의 수중익선은 호화 요트의 화장실, 아니, 호화 요트에서 누군가 씹다가 뱉은 껌처럼 초라해 보였다. 그 정도로 차이가 났다.

수중익선은 이곳의 수심이 너무 깊어서 닻을 내릴 수가 없기 때문에 정지한 상태에서 조금씩 흘러서 호화 요트에 가까이 다가갔다. 자석에 달라붙는 쇳조각 같았다.

"저기… 배 이름인가 봐!"

그때 아랑이 한쪽 방향을 가리키면서 소리쳤다. 그녀가 가리킨 곳은 호화 요트의 선수 옆 부분이었다. 그녀는 호화 요트의 이름을 읽으며 고개를 갸웃거렸다.

"투아? 무슨 뜻이지?"

그즈음 고방아는 이미 호화 요트의 선수에 적힌 이름을 보고 있다가 이상한 생각이 들었다.

영문 'TWOA' 는 연달아의 '아' 와 고방아의 '아' 를 합쳐서 지은 두 사람만의 고유 이름이었다.

예전에 두 사람이 박미진 사건을 해결하고 그 집에서 사례비로 천만 원을 받아 나오다가 고방아가 즉흥적으로 지은 이름이었다.

그것을 기억하고 있는 연달아는 방금 아랑이 '투아' 라고 하는 말을 듣고 고방아를 쳐다보며 의아한 표정을 지었다.

"방아."

"이거 뭔가 이상한데?"

고방아는 팔짱을 끼고 호화 요트의 선수에 적힌 이름을 쏘아보면서 고개를 갸웃거렸다.

하지만 'TWOA'가 꼭 연달아와 고방아만의 전유물이라고는 할 수 없다.

세계는 넓다. 60억이 넘는 인구 중에서 누군가 그 이름을 사용하고 있을 수도 있는 일이다. 이것은 단지 우연의 일치일지도 모른다.

그그궁.

그런데 그때 갑자기 호화 요트에서 무슨 소리가 났다. 뭔가 육중한 철문 같은 것이 기계에 의해서 작동되는 듯한 소리였다.

하지만 호화 요트가 워낙 크고 소리가 웅웅 울리는 터라 어디에서 나는 소리인지 알 수가 없었다.

"저기예요!"

연달아가 그곳을 발견한 순간 을지은한도 동시에 발견하고는 한 곳을 가리키며 외쳤다.

만약 을지은한이 그곳을 가리키지 않았으면 고방아와 아랑은 한참 헤맸을 것이다.

옆에서 볼 때 호화 요트를 크게 삼등분한다면 을지은한이 가리킨 곳은 가운데쯤인데, 호화 요트 옆면에 둥근 객실 창문이 가로로 5열이 죽 이어져 있는 가장 아래쪽에서도 한참 아래였다. 그곳에 아주 조그만 문이, 아니, 통로 같은 것이 하나 열려 있었다.

연달아가 쳐다보니까 그곳에서 하나의 구조물이 바깥으로 2미터가량 돌출했다.

그리고는 그것이 웅웅 소리를 내면서 비스듬히 아래쪽으로 계단이 되어 뻗어 내렸다.

철컹.

이윽고 계단이 수면 가까이에 이르더니 정지했다.

그리고 계단 위쪽 통로에 한 사람이 모습을 나타내더니 이쪽을 보며 외쳤다.

"연달아님! 고방아님이십니까?"

또렷한 한국어였다. 그리고 굵직한 남자 목소리였다.

무슨 이유에선지는 모르지만, 연달아와 고방아는 둘 다 약속이나 한 것처럼 대답하지 않았다.

하지만 자신들과 이 위치에서 만나기로 한 다불의 정요원이 호화 요트에 타고 있거나 아니면 지금 소리친 사람일 것이라고 생각했다.

그것은 예상을 여지없이 깨는 충격적인 일이다. 저 어마어마한 호화 요트가 자신들을 기다리고 있을 줄은 꿈에도 예상하지 못했다.

연달아 일행은 호화 요트를 바라보면서 꿈을 꾸는 듯한 표정을 짓고 있을 뿐 아무도 말하거나 움직이지 않았다.

잠시가 지난 후에 고방아가 정신을 차리고 선장에게 호화 요트의 계단으로 다가가라고 손짓으로 지시했다.

수중익선이 천천히 호화 요트로 다가가고 있는 동안 연달아는 계단 위에 서 있는 남자를 자세히 쳐다보았다. 그는 정장을 입고 있는데, 45세 정도의 중년인이며 당당한 체구에 딱 벌어진 어깨를 지녔고, 입 주위에 짧고 검은 수염을 멋지게 기른 중후한 인상이었다.

하지만 연달아는 예전에 그를 한 번도 본 적이 없었다. 방금 전에 그가 연달아와 고방아의 이름을 불렀으므로 다물의 정요원일 것이라고 짐작할 뿐이다.

이윽고 수중익선이 호화 요트에서 내린 계단 옆으로 바짝 다가갔다.

중년인은 계단 맨 아래까지 내려와서 꼿꼿하게 선 자세로 기다리고 있었다.

수중익선의 배불뚝이 선장은 호화 요트가 연달아 일행을 기다리고 있었다는 사실을 알고 나서는 완전히 기가 질려 버린 표정이다.

선장은 먼 산 바라보다가 턱 떨어진 개처럼 입을 크게 벌린 채 호화 요트를 올려다보았다.

“어서 오십시오.”

중년인은 수중익선 일층과 같은 높이의 계단에 서서 가볍게 고개를 숙여 보였다.

가까이 다가온 고방아는 그가 다물의 정요원이라고 확신했다. 뭐라고 설명하기는 어려워도 다물의 정요원들만 지니고 있는 그런 느낌을 중년인에게서 받았다. 그래서 그에게 불쑥 손을 내밀었다.

“돈 가진 거 있어?”

중년인은 왜 그러냐고 묻지도 않고 품속에서 지갑을 꺼내 공손히 두 손으로 고방아에게 내밀었다.

고방아가 지갑을 펼치니까 세계적으로 알아주는 유수의 골드카드들이 여러 개 꽂혀 있었고, 안쪽에는 달러가 두툼했다. 더구나 모두 100$짜리다. 고방아는 거기에서 100$ 다섯 장을 세어서 뽑고 지갑을 돌려주었다.

고방아는 완전히 압도된 얼굴로 서 있는 선장에게 돌아서서 다섯 장의 지폐를 부채처럼 펼쳐서 내밀었다.

선장은 화들짝 놀라며 지폐와 고방아의 얼굴을 번갈아 쳐다보았다.

하지만 홍콩부두에서 산전수전 다 겪으며 굴러먹은 그가 그녀의 의도를 모를 리가 없다.

그는 서둘러 품속에서 아까 비상연료 값으로 받았던 그녀의 물건들, 즉 경찰대학 졸업기념 시계와 반지, 스마트 폰, 글록26 등을 꺼내 두 손으로 내밀며 어색한 미소를 지었다. 그때는 그럴 수밖에 없었다는, 나도 먹고살아야 하지 않겠느냐는, 뭐 그런 변명 같은 미소였다.

고방아는 느긋한 동작으로 시계를 차고 반지를 끼고 스마트 폰을 주머니에 넣고 또 글록26을 재킷 안 권총벨트에 차고 나서 손바닥으로 선장의 뺨을 가볍게 툭툭 두드리며 싱긋 뜻 모를 미소를 지었다. 하지만 아무 말도 하지 않았다.

선장을 다시 만날 일은 없겠지만, 어디에 가서라도 함부로 까불지 말라는 경고다.

그리고 그것을 모를 리 없는 선장이다. 그는 어색하게 일그러진 미소를 지으며 고개를 끄덕여 보였다.

고방아는 호화 요트 계단 아래에 서 있는 중년인을 보며 수중익선 선실을 가리켰다.

"저 안에 물건이 있으니까 데려와. 아! 간나 하나가 더 있으니까 개도 데려오도록."

중년인은 의아한 표정을 지었다.

"간나가 무엇입니까?"

긴장이 풀린 아랑이 키득거렸다.

"스나이가 그것도 몰라요?"

중년인은 당황했다.

“스나이는 무슨……..”

긴장 때문에 연달아의 옷자락을 꼭 붙잡고 있는 을지은
한이 조금 긴장이 풀려서 방그레 미소 지으며 설명해 주었
다.

“여자가 한 명 더 있으니까 데려오라는 뜻이에요.”

“알겠습니다.”

중년인은 정중히 고개를 숙이고 나서 계단 위를 향해 손짓
을 해 보였다.

계단 위에는 아무도 없었는데 그가 손짓을 하자마자 통로
안쪽에서 다섯 명의 정장 사내가 나와서 나는 듯이 계단을 달
려 내려와 수중익선으로 옮겨 타고는 능숙하게 선실로 달려
들어 갔다.

그들은 연달아 일행을 보고서도 눈길 한 번 주지 않았다.
고방아는 그들의 움직임을 보고 고도로 훈련받은 사내들이라
는 것을 간파했다.

연달아 일행이 계단으로 건너가려는데 선장이 두 손을 비
비며 아부하는 미소를 지었다.

“미안하지만 연료를 좀 주지 않겠습니까? 홍콩까지 돌아가
려면 아무래도 빠듯할 것 같아서.”

그 말을 알아들은 중년인이 가볍게 고개를 끄덕이고 나서
계단 위로 손짓을 해 보였다.

이윽고 연달아를 선두로 고방아와 아랑, 을지은한 순서로 계단을 올라갔다. 중년인은 맨 뒤에서 따라 올라왔다.

멀리에서 봤을 때에는 계단 위 통로가 호화 요트의 아래쪽에 위치해 있었는데, 막상 올라보니까 매우 높았다. 수면이 저 아래에 보였다.

계단 위 통로 안 양쪽에는 열 명의 제복을 입은 젊은 남녀가 양쪽에 다섯 명씩 두 줄로 서 있었다.

하지만 그들의 모습은 밖에서, 즉 수중익선에서는 일체 보이지 않았다.

"들어가십시오."

뒤따라 올라온 중년인이 통로 안쪽을 가리켰다. 그가 연달아와 고방아를 대하고도 정요원으로서의 예의를 갖추지 않는 것은 수중익선의 선장이 보고 있기 때문일 것이다.

연달아 일행은 천천히 안으로 들어섰다. 아랑과 을지은한은 그의 양쪽에서 팔을 꼭 붙잡은 채 조심스럽게 주위를 두리번거리며 따라 들어왔다.

연달아는 마치 커다란 괴물의 뱃속으로 들어가는 듯한 기분이 들었다.

하지만 안쪽은 매우 밝았고 깨끗했으며 복도가 가로와 세로로 뻗어 있었다. 마치 특급 호텔에 들어온 기분이다.

그들이 들어서자 양쪽에 늘어서 있던 열 명의 남녀가 두 손

을 배꼽에 포개서 모으고 공손히 허리를 굽혔다. 이른바 배꼽
인사다.
　연달아 일행은 그곳에서 엘리베이터를 타고 위로 올라갔
다.

제51장

어아가(於阿歌)

R U N N E R
런너

엘리베이터는 연달아 일행과 중년인을 맨 위층에서 세 번째 아래, 즉 9층으로 데려다주었다.

엘리베이터가 열리자 곧바로 방이 나타났다. 아니, 방이라기보다는 드넓은 홀 같았다.

엘리베이터 전면은 전체가 타원형의 대형 창으로 이루어졌다. 좌우의 길이가 무려 25미터에 달했다.

그 창을 통해서 바다와 하늘이 한꺼번에 다 보였다. 그리고 창가에는 온갖 편의시설이 고루 갖추어져 있었다.

또한 한쪽에는 상상을 초월하는 호화로운 욕탕과 미니수

영장, 룸바 등이 구비되어 있다. 한마디로 이 방은 전 세계의 특급 호텔들이 자랑하는 최고 수준의 것들을 하나씩 다 구비해 놓은 듯했다.

"앉으십시오."

중년인은 연달아 일행을 전면 창 가까이에 있는 대형 럭셔리 소파로 안내했다.

연달아 일행이 소파에 앉자마자 엘리베이터 좌우의 커다란 문이 활짝 열리더니 그곳으로 느닷없이 스무 명의 남녀가 질서정연하게, 그리고 허리를 꼿꼿하게 펴고 절도있는 걸음걸이로 들어섰다.

그들은 소파에서 5미터 거리를 두고 소파를 향해 다섯 명씩 네 줄로 늘어섰다. 그리고 맨 앞에 중년인이 섰다.

소파에 마주 앉은 연달아 일행은 담담한 표정으로 그들을 바라보았다.

그들이 이제 정요원으로서 정식으로 예의를 갖추려 한다는 것을 알았다.

중년인이 매우 긴장한 표정으로, 그러나 더없이 정중하게 말문을 열었다.

"저는 다물 해외총괄부 대장 을지상웅(乙支尙雄)입니다."

"아!"

갑자기 을지은한이 나직한 탄성을 터뜨렸다. 중년인의 이

름이 을지상웅, 즉 성이 희성 중에서도 희성인 '을지' 이기 때
문이었다.

　그러나 그녀는 놀라는 얼굴로 을지상웅을 똑바로 주시할
뿐 아무 말도 하지 않고 두 팔로 옆에 앉은 연달아의 팔을 꼭
끌어안고 있을 뿐이다. 지금은 자신이 나설 때가 아니라고 생
각했기 때문이다.

　을지상웅도 을지은한이 탄성을 터뜨렸으나 듣지 못한 듯
계속 말을 이었다.

　"이들은 해외총괄부 휘하 스무 개 팀의 팀장들입니다."

　연달아와 고방아 등은 그 말을 듣고는 적잖이 놀랐다. 다물
전체에는 군왕호위군과 여황호위군을 비롯한 일곱 개의 다물
정군 등 아홉 개의 '군(軍)' 이 있고, 내본, 외본, 비본의 세 개의
'부(部)' 와 그 아래에 모두 47개 팀이 있다. 즉, 9군 3부 47팀인
것이다.

　연달아와 고방아 등은 한남동 다물 내본에서 제1부, 즉 내
본부(內本部)의 대장과 그 아래 일곱 개팀 팀장들의 인사를 받
은 적이 있었다. 하지만 다른 부의 대장이나 팀장을 만난 적
은 없었다.

　그런데 이곳에서 갑작스럽게 해외총괄부 대장과 팀장들을
무려 스무 명이나 한꺼번에 만나게 됐으니 놀라는 것도 무리
가 아니다.

고방아가 조금 뜨악한 표정으로 을지상웅에게 물었다.

"그럼 자네가 제2부의 대장인가?"

"아닙니다. 제3부의 대장입니다."

"제3부면……."

"비본입니다."

제1부는 내본부, 제2부는 외본부, 제3부는 비본부다. 내본은 대한민국 서울 한남동 연정토 저택에 있고, 외본은 경기도 모처에 있으며, 비본은 어디에 있는지 알려져 있지 않다고 했다.

고방아는 하나의 사실을 깨닫고 적잖이 충격을 받은 표정을 지으며 검지를 펴서 바닥, 즉 배를 가리켰다.

"그렇다면 이 배가 비본인가?"

"그렇습니다."

"그리고 자네가 제3부인 비본부의 대장이고?"

"그렇습니다."

"그렇군."

고방아는 알았다는 듯 태연하게 고개를 끄덕였으나 속으로는 크게 놀라고 또 충격을 받은 상태다.

다물의 비본이 설마 오대양을 항해하는 움직이는 호화 요트일 줄은 꿈에서조차 상상하지 못한 일이었다.

하지만 움직이는 호화 요트가 비본이라니, 정말 기상천외한 발상이다. 그렇다면 비본은 전 세계 가지 못하는 곳이 없을 것이다. 비본이 해외총괄부이니까 기동성이 있어야 하는데 제대로 부합된다.

그때 갑자기 을지상웅 이하 스무 명의 팀장이 일제히 연달아 일행을 향해 그 자리에 무릎을 꿇고 이마를 바닥에 대며 최고의 예의를 갖추었다.

"군왕 전하와 여황 폐하를 뵈옵니다."

스물한 명이 바닥에 납작하게 엎드린 채 꼼짝도 하지 않았다. 연달아와 고방아가 아무 말도 하지 않으면 계속 그렇게 있을 것 같은 모습이다.

아랑과 을지은한은 늘 함께 행동하고 붙어서 지내는 연달아와 고방아라서 오빠와 언니 같다는 생각이 머리에 깊이 박혀 있다.

그런데 이런 광경을 보게 되자 연달아와 고방아가 갑자기 너무 높은 곳의 사람처럼 느껴졌다. 그래서 그녀들은 잡고 있던 연달아의 팔을 슬그머니 놓았다.

연달아와 고방아는 방금 을지상웅의 말을 듣고 한 가지 사실을 깨달았다.

즉, 다물 제3부인 비본부는 이런 식으로 전 세계를 돌아다니면서 작전을 벌인다는 것이다. 아마도 그렇기 때문에 '해외총괄부' 일 것이다.

“일어나라.”

이윽고 연달아가 조용히 말하자 을지상웅을 비롯한 스물한 명은 조심스럽게 일어섰다.

연달아 일행이 처음에 안내됐던 그 방이 호화 요트의 9층 전체라는 것과 그곳이 연달아와 고방아의 취미와 특성을 최대한 살려서 특별히 꾸민 방이라는 사실은 잠시 후에 알게 되었다.

또한 연정토가 연달아 일행을 마카오로 보낸 이유 중 하나가 비본부에 들렀다가 오라는 뜻이었다는 사실도 알았다.

그런데 9층만이 아니다. 연달아와 고방아를 위한 방으로 8층과 10층도 꾸며져 있었다. 또한 7층 전체는 다물수호대를 위한 공간이었다.

8, 9, 10의 세 개 층은 내부에서 여러 곳의 계단으로 서로 연결되어 있는 구조였다.

대회의실과 소회의실, 홈씨어터, 게임룸, 전자장비시스템, 식당, 헬스클럽, 사격장, 마사지룸, 대형 개인풀장, 발코니전망대, 그리고 세 개 층에 도합 50개의 대형 초호화객실이 마련되어 있었다.

한마디로 없는 것이 없을 정도의 모든 것이 갖추어져 있는 지상천국이 바로 이곳이었다.

을지상웅은 연달아 일행에게 휴식을 취하라면서 부하들을 이끌고 나가려고 했다.

"정토 형님이 우리를 이곳으로 보냈을 때에는 다른 뜻이 계셨을 텐데?"

연달아가 묻자 을지상웅이 공손히 대답했다.

"저희의 브리핑을 받으시라는 뜻입니다."

"브리핑?"

"보고를 받으라는 거야."

고방아가 일깨워 주었다.

"그렇다면 보고하게."

"하지만 쉬셔야……."

고방아가 따끔하게 일침을 가했다.

"여기까지 오는 동안 지겹도록 휴식을 취했는데 또 쉬라는 거야?"

그러자 아랑이 짐짓 엄숙한 표정으로 팔짱을 끼고 을지상웅에게 한마디 했다.

"까라면 까세요."

배운 것은 곧장 써먹는 아랑이다.

이후 연달아 일행은 8층 대회의실에서 을지상웅과 스무 명

해외총괄팀 팀장들의 보고를 들었다.

그들은 세계 각 지역을 담당하고 있으며, 현재 하고 있는 일은 크게 두 가지다.

하나는 자기가 맡고 있는 지역의 모든 정보를 수집하면서 동향과 정세 등을 분석하는 일이다.

또 하나는 그 지역에 속해 있는 나라의 영향력있는 인물이나 기관을 수단 방법을 가리지 않고 포섭하여 우리 편, 즉 다물의 사람으로 만드는 일이다.

하지만 중국과 일본을 비롯한 아시아의 중요한 몇 나라와 미국, 러시아를 담당하는 팀의 임무는 다른 팀들에 비해서 훨씬 많고 복잡하며 또한 중요하다.

그 나라들이 한반도와 밀접한 관계가 있거나 지정학적으로 한반도, 혹은 중국과 인접해 있기 때문이다.

만약 대한민국과 북한에 무슨 일이 벌어진다면, 예를 들어 대한민국이 북한을 흡수통일 한다거나, 극단적으로 남북한 간의 전쟁이 벌어질 경우에 중국과 쿠바 등 극소수의 공산권 나라를 제외한 전 세계 대부분의 나라들은 대한민국의 편이 되어줄 것이다.

하지만 편이 되어준다고 해도 기대하는 만큼 적극적이지는 않을 것이다.

자국에 피해나 손해가 가지 않는 범위 내에서 대한민국을

지지하는 정도에 그칠 것이다.

그것을 적극적인 지지 혹은 지원으로 바꾸는 일을 해외총괄부의 그 나라를 맡은 각 팀들이 하고 있다.

극단적인 상황에는 군대를 파병해서라도 대한민국을 지원할 수 있게끔 공작을 하는 것이다.

그러나 대한민국과 북한은 될 수 있으면, 아니, 무슨 일이 있어도 전쟁을 해서는 안 된다.

그러기 위해서 지금 이 시간에도 다물은 대한민국 정부와 긴밀하게 협조하여 북한에 대한 여러 가지 작전을 물밑으로 실행하고 있는 중이다.

문제는 대한민국과 북한이 어떤 형태로든 통일이 된 이후에 벌어질 일에 대한 대비이다.

다물의 목표는 고구려의 옛 영토를 되찾아서 그 땅 위에 새로운 21세기 고구려 제국을 건설하는 것이다. 그러자면 현재 중국 영토로 되어 있는 동북삼성, 즉 헤이룽장성과 지린성, 랴오닝성을 되찾아야만 한다.

러시아의 극동지방인 블라디보스토크와 하바로프스크 일대도 고구려의 옛 영토지만, 그것은 중국의 동북삼성을 되찾은 후의 일이다.

서두를 필요가 없다. 그렇다고 포기하지는 않는다. 이 원대한 대업은 두 번 실행하지 못하기 때문에 완벽한 계획을 수

립해서 하나씩 차근차근 해나가야만 한다.

그래서 무슨 일이 있어도 기필코 고구려의 옛 영토를 완벽하게 되찾아야만 한다. 대충이나 적당히라는 것은 없다.

지금 다물의 해외총괄부가 각 나라에 막대한 자금과 인력, 정성을 투입하면서 부지런히 밑밥을 뿌리며 여러 작업을 하고 있는 이유는 단 하나다.

남북한이 통일된 이후 대한민국이 중국과 영토 분쟁을 벌이거나, 더 나아가서 전면적으로 전쟁을 일으켰을 경우에 각 나라로부터 다양한 지원을 얻어내기 위해서다. 그것이 최종적인 목적이다.

대한민국과 북한의 전쟁 같은 것 때문에 각 나라의 도움이 필요한 것이 아니다.

대한민국은 북한과 절대로 전쟁을 하지 않는다. 그것이 기본적인 모토다. 진짜는 대한민국과 중국의 전쟁이다.

그 전쟁은 결코 피할 수 없다. 중국은 절대로 동북삼성을 여기 있소 하면서 호락호락 내주지 않을 것이다.

또한 어떤 방법으로도 동북삼성을 되찾을 수는 없다. 그러므로 목적을 이루려면 가장 원시적이면서도 간단명료한 방법, 즉 전쟁뿐이다.

그래서 다물 해외총괄부 스무 개 팀의 임무는 대한민국과 중국의 전쟁이 발발했을 때 주변국들과 혈맹국인 미국의 지원을 이끌어내는 것이다.

국제연합, 즉 유엔을 동원하거나 여론으로 도와주는 것을 원하는 것이 아니다.

각 나라의 즉각적이고도 무조건적인 전폭적 군사지원, 그것을 원하는 것이다.

그런 도움이 없다면 대한민국과 중국의 전쟁은, 아니, 전쟁을 일으키는 자체가 불가능하고 또 무의미하다.

군사력으로 대한민국은 도저히 중국의 적수가 되지 못한다. 중국의 동북삼성을 되찾으려다가 외려 한반도를 뺏길 수도 있는 것이다.

그래서 해외총괄부 내에서도 가장 중요한 역할을 맡고 있는 팀이 미국팀과 중국팀이며, 이들이 전체 해외총괄부 인원과 예산의 70%를 차지하고 있다.

수많은 첨단전자시스템이 가득한 대회의실에서의 팀장들의 길었던 보고가 마침내 끝났다.

지겹도록 휴식을 취했다면서 보고를 듣자고 큰소리쳤던 고방아는 밤이 이슥할 때까지 계속되는 팀장들의 연이은 보고에 진이 다 빠져서 진저리를 쳤다.

보고가 시작된 지 세 시간이 지날 무렵 아랑은 아예 소파에 새우처럼 웅크리고 누워서 잠이 들어버렸다.

두 번째 뻗은 사람이 고방아다. 학창시절이나 경찰대학 시절에 학구열이라면 누구에게도 지지 않았던 그녀지만, 보고가 여덟 시간째 계속되자 결국 무너졌다.

나머지는 연달아가 들으라면서 손을 저으며 대회의실을 나가 버리고 만 것이다.

열 시간 동안 계속된 보고를 끝까지 들은 사람은 연달아와 을지은한이다.

처음 보고를 시작한 팀장의 몇 마디를 들으면서 연달아는 긴장과 흥미를 동시에 느꼈다.

그래서 시종일관 꼿꼿한 자세를 유지한 채 보고를 들으면서 이해가 되지 않는 부분은 서슴없이 물어서 완전히 이해하고 나서야 다음 보고를 들었다.

그는 보고를 들으면서 정말 너무나 많은 새로운 사실들을 알게 되었다.

보고도 보고지만, 세계가 얼마나 크고 넓은지 처음 알았고, 세계 각 나라들이 어떤 정책으로 나라를 부강하게 만들고 또 국민들을 행복하게 만드는지를 배웠다.

그리고 가장 중요한 것은 다물이, 아니, 아버지인 이리가수미와 보장태왕, 연정토 등이 21세기 고구려 제국 건설을 위해서 이렇게까지 굉장한 계획과 작전을 실행하고 있다는 사실을 깨닫고 거기에 크게 감명을 받았다는 사실이다.

그는 특히 미국과 일본, 중국을 담당한 팀장이 보고할 때 주의를 기울여서 들었다.

보고 열 시간 동안 미국과 일본, 중국 3개국에 대한 내용이 여덟 시간을 차지할 정도였다. 그만큼 그 3개국이 중요하기 때문이다.

을지은한 역시 새로운 사실을 배운다는 것 때문에 끝까지 오도카니 앉아서 자리를 지켰다.

하지만 그녀가 보고를 끝까지 들어야겠다고 생각한 더 중요한 이유는 바로 연달아가 곁에 있기 때문이었다.

그녀는 앞으로 자신의 남은 생의 모든 일을 연달아와 함께 하기로 결심했으므로, 기나긴 보고를 듣는 것도 마다하지 않았다.

그러면서 그녀는 연달아처럼 세계에 대한 지식과 다물의 원대한 해외계획을 구체적으로 알게 되었다.

"모두 수고했다."

보고가 끝난 후 연달아가 여전히 꼿꼿한 자세로 조용히 말하자 을지상웅 이하 스무 명의 팀장이 일제히 자리에서 일어났다.

을지상웅과 팀장들은 보고를 하는 동안, 그리고 보고가 끝난 지금 연달아에게서 많은 것을 느꼈다.

그들은 다물의 정요원들이기 때문에 연달아가 고구려에서

어떤 신분이었으며 지금은 어떤 위치에 있는지에 대해서 자세히 알고 있다.

연달아를 직접 만나보기 전의 그들은 그에 대해서 단지 맹목적인 무한한 충성심만을 갖고 있었다.

언젠가 현세에 출현할 메시아를 기다리는 신도들 같은 그런 마음가짐이었다.

그러나 막상 연달아를 만나보고 또 열 시간 동안 함께 대화를 나누면서 그의 면면을 하나하나 겪어보니까, 그가 어째서 1300여 년 전 고구려에서 이처럼 젊은 나이에 요동욕살이라는 중책을 맡았으며 또 전신이라고 불렸는지 짐작할 수 있을 것 같았다.

그리고 열 시간 동안의 보고가 끝났을 때에는, 오직 연달아만이 다물의 군왕이라는 신분에 가장 적합한 인물이라고 확신하게 되었다.

을지상웅과 스무 명의 팀장이 공손히 허리를 굽히고 일말의 잡음도 내지 않은 채 조용히 출구로 걸어가고 있을 때 연달아가 조용히 말했다.

"을지 대장."

연달아와 가까운 곳에 서서 팀장들이 출구로 향하는 것을 지켜보고 있던 을지상웅이 즉시 공손한 자세를 취했다.

"말씀하십시오."

연달아는 비로소 편안한 자세로 고쳐 앉으면서 엷은 미소
를 지으며 그를 쳐다보았다.

"술 한잔해야겠어."

"그러십시오."

"아니, 자네와 팀장들하고 모두 함께 말이야."

"네?"

을지상웅과 스무 명의 팀장은 동시에 놀라는 표정을 지으
면서 연달아를 쳐다보았다.

호화 요트 투아호는 북회귀선을 지나 대만과 일본 요나구
니섬 사이를 빠져나가 북북동 방향으로 15노트의 속도로 항
해하고 있는 중이다.

밤 10시 30분이 넘어서 시작된 술자리는 자정이 넘자 피크
를 이루고 있다.

고방아와 아랑은 9층 전면 창 앞의 소파에서 한자리씩 차
지한 채 세상모르게 자고 있더니, 연달아와 을지은한이 비본
부 대장 이하 팀장들과 술을 마신다는 사실은 또 어떻게 귀신
처럼 알고서 술자리에 끼어들었다.

처음에 을지상웅과 스무 명의 팀장은 서로 마주 보고 앉은
채 바짝 얼어 있었다.

이따금씩 연달아가 마시자고 술잔을 들면 따라서 술잔을

들었다가, 그가 한 잔을 비우면 자신들도 잔을 비우는 것이 고작이었다.

아무도 입을 열려고 하지 않았고, 얼굴에 떠올라 있는 표정은 경직과 공손함뿐이었다.

그 광경을 보고 제일 먼저 울화통을 터뜨린 사람은 역시 고방아였다.

그녀는 술 마실 때만큼은 지위고하를 떠나서 무조건 신나게 흥청망청 놀아야 하는 것이라고 테이블을 두드리며 열변을 토했다.

하지만 그녀가 아무리 떠들어도 을지상웅과 팀장들은 돌부처처럼 요지부동이었다.

물론 그들도 지위고하를 떠나서 흥청망청 즐겁게 술 마실 줄 아는 사람들이다.

하지만 이곳에는 두 개의 하늘이 있다. 바로 군왕과 여황이다. 그런데 어찌 감히 그럴 수 있겠는가. 행여 실수라도 할까봐 잔뜩 긴장하고 있는 것이다.

대통령 앞에서라면 흔쾌히 그럴 수 있지만 군왕과 여황 앞에서는 절대 못한다.

대통령은 군왕이나 여황 앞에 명함도 내밀지 못하는 존재이기 때문이다.

대통령은 인간이다. 하지만 군왕과 여황은 인간이 아니다.

신(神) 중에서도 절대신(絶對神)인 것이다.

그런 상황이니 고방아는 술맛이 날 리가 없다. 그녀뿐만 아니라 연달아나 아랑, 을지은한도 마찬가지다.

원래 연달아 패거리들은 일단 술이 입에 들어가기만 하면 논다리들처럼 정말 신명나게 잘 논다. 누가 보면 좀 심하다 싶을 정도로 웃고 떠든다. 그러는 것은 역시 고방아의 영향이 크다. 그녀는 술 마실 때 좀 질펀하게 노는 성향이기 때문이다.

속에서 천불이 치밀어 오르는 고방아는 결국 연달아에게 도움을 청했다.

이럴 땐 연달아밖에 없다. 그가 멍석을 깔아주면 고방아는 거기에서 노는 체질이다. 그녀는 멍석을 스스로 깔지는 않는 타입이다.

테이블에 있는 술은 맥주와 소주, 막걸리 등이다. 또한 안주는 생선찌개와 회, 삼겹살, 부침개 같은 지극히 서민적인 것들뿐이다.

원래 투아호에 상주하고 있는 소믈리에와 주방장들이 최고급 와인과 요리를 갖고 와서 차렸으나 연달아 일행이 입을 모아 퇴짜를 놔버렸다.

이유는 간단하다. 그런 술이 입맛에 맞지 않으니 친숙한 맥주와 소주를 갖고 오라고 지시했다.

그래서 투아호에 근무하는 하급 직원들을 위해서 준비한 맥주와 소주, 막걸리를 부랴부랴 가져왔고, 군왕과 여황의 전담 주방장은 난데없이 찌개를 끓이고 부침개를 부치고 회를 뜨느라 한바탕 부산을 떨었다.

이 대목에서 을지상웅과 팀장들은 군왕과 여황 일행이 지극히 서민적이라는 사실을 새삼 알게 되었다.

"내겐 고모가 여러 분 계셨는데 그중에서도 오늘날의 나를 있게 해준 고모가 한 분 계셨다."

연달아는 조용한 목소리로 말문을 열고 나서 팀장들을 한 차례 둘러보았다.

"너희 연수영이라는 분을 아느냐?"

을지상웅과 스무 명의 팀장이 앉은 채 일제히 고개를 숙이며 합창하듯 입을 모았다.

"압니다!"

"그분이 누군지 말해봐라."

을지상웅과 팀장들은 잠시 머뭇거렸다. 연수영이 누군지 몰라서가 아니라 누가 대답을 할 것인지 눈치를 보느라 그런 것이다.

그때 테이블 끝 쪽의 팀장이 벌떡 일어나서 공손히 허리를 굽혔다.

"연수영님께선 서기 645년 경 고구려의 수군원수(水軍元

帥)겸 요동 비사성주(卑沙城主)였습니다. 당시 29세의 나이로 당나라와의 대규모 해전에서 32번을 싸워서 32번 다 승리했으며, 178회의 소규모 해전에서도 모두 승리를 한 고당전쟁 전승신화의 고구려 최고의 명장이셨습니다."

연달아는 설명을 듣는 동안 어두운 창밖을 바라보았다. 마치 고모 연수영을 그리워하는 듯한 표정이다.

방금 설명한 팀장이 자리에 앉자 다른 방향의 여자 팀장이 일어나 목소리를 높였다.

"연수영 수군원수께서는 평소 오심지의(五心之意)를 입버릇처럼 말씀하셨습니다. 그것은 자심지의(自心之意), 즉 언제나 적은 바로 나 자신이라는 경계심을 갖는 것이며, 군심지의(軍心之意), 부하들을 너무 아낀 나머지 그들을 위해서라면 어떤 희생도 두렵지 않음이며, 민심지의(民心之意), 전쟁은 오로지 백성들을 위해서만 해야 한다는 마음, 적심지의(敵心之意), 적을 완전히 굴복시켜서 오히려 그들의 존경을 받는 것을 이르며, 마지막 천명지의(天命之意)는 자신의 소명과 하늘의 이치를 정확하게 깨달아 이것을 무리하게 거역하지 않는 것을 말합니다."

연달아는 뜻밖이라는 표정을 지으면서 여팀장을 쳐다보며 감탄했다.

"네가 고모의 오심지의를 알고 있다니 놀랍구나."

여팀장은 공손히 허리를 굽혔다.

"오심지의는 저의 좌우명입니다."

연달아는 고개를 끄덕이며 흡족한 미소를 지었다.

"그것은 또한 나의 어린 시절부터의 좌우명이기도 하다. 네 이름이 무엇이냐?"

"8팀장 민영옥입니다."

"음. 베트남, 라오스, 캄보디아 담당이로군."

연달아는 아까 보고를 들을 때 스무 명의 팀장이 자기를 소개한 것을 한 번 듣고 모두 기억했다.

"그렇습니다."

연달아는 고개를 끄덕여서 8팀장 민영옥을 앉게 하고 나서 좌중을 둘러보며 조용한 목소리로 말했다.

"나는 외로운 어린 시절을 보냈다. 나이 차이가 많이 나는 형들은 나에게 전혀 신경을 쓰지 않았고 아버님께선 언제나 바쁘셨다."

군왕의 어린 시절을 듣게 된 팀장들은 숨소리조차 내지 않으면서 귀를 기울였다.

고방아와 아랑, 을지은한은 그의 과거에 대해서 듣는 것이 처음이라서 더욱 긴장했다.

"그런 시기에 고모께서 나를 거두셨다. 나는 어린 시절에 고모를 스승으로 모시고 그분의 모든 것을 배웠다. 지금의 나를 존재하도록 갈고 빚어준 분은 고모였다.”

연수영은 연개소문의 누이동생으로 미모와 무용을 겸비한 고구려 최고의 명장이라고 역사에 기록되어 있다.

“내 인생 전체를 통틀어 두 사람이 나를 구원해 주었는데 두 사람 다 여자였다.”

연달아의 그 말을 듣고 고방아는 왠지 반사적으로 바짝 긴장했다.

“한 사람은 고모 연수영이었으며 또 한 사람은 정혼녀 가연공주였다.”

그의 말이 끝나자마자 모두의 시선이 일제히 고방아에게 집중되었다. 그녀가 연달아의 정혼녀라는 사실을 알고 있기 때문이다.

그러나 고방아는 그들의 시선을 의식하지 못했다. 방금 들은 연달아의 말에 큰 충격을 받은 것이다.

그녀는 자기가, 아니, 고구려의 가연공주 고방아가 연달아에게 소중한 존재인 줄은 알고 있었으나 그가 ‘구원’ 이라는 표현까지 사용할 정도로 중요한 존재였다는 사실을 지금에야 비로소 깨달았다.

“내가 고모에게 배웠던 가장 큰 가르침이 바로 오심지의였다. 그중에서도 군심지의의 한 대목을 매우 좋아하지.”

모두의 시선이 고방아에게서 연달아에게로 옮겨졌다.

연달아는 매우 엄숙한 표정으로 말을 이었다.

"술을 마시는 자리에서는 모두 절친한 친구가 되어 마치 내일 전투에 나가서 죽을 것처럼, 다시는 못 볼 친구들과 이승에서 마지막으로 술을 마시며 노는 것처럼, 그런 심정으로 사생결단 재미있게 마시고 놀아라. 그러나 만약 어울리지 못하는 부하가 있다면 과감하게 내쳐라. 그런 자는 분위기를 망친다. 또한 그런 자는 더 이상 친구도 부하도 아니다, 라고 하셨지."

연달아 한 사람을 제외한 모두가 그의 말이 끝나는 순간 움찔 놀라서 몸을 떨었다.

그러더니 갑자기 모두들 서둘러서 건배를 하고 미친 듯이 술을 마시면서 왁자하게 웃음을 터뜨리며 큰소리로 떠들어대기 시작했다.

척!

그때 연달아가 소주잔을 번쩍 들어 올렸다. 그러자 모두들 서둘러 빈 잔에 술을 붓고 술잔을 들었다.

"구호해라."

연달아가 말하자 고방아가 버럭 악을 썼다.

"마시고!"

다음 순간 모두들 잔을 더 높이 쳐들며 더 크게 악을 썼다.

"죽자—!"

“와아—!”

그때부터 술자리는 활기에 넘쳤다. 큰소리로 떠들고 웃음이 터져 나왔으며 연달아와 고방아가 있든 말든 자기들끼리 어깨를 두드리며 대화했다. 한 번 긴장이 풀리자 둑이 터진 것 같았다.

그런 광경은 대한민국의 여느 술집 안의 왁자지껄한 풍경과 다를 바가 없었다.

연달아가 아까 연수영의 오심지의에 대해서 설명한 민영옥을 불렀다.

“민영옥!”

“넵!”

옆의 동료와 떠들던 민영옥이 벌떡 일어났다. 기합이 바짝 든 모습이고 목소리다.

“노래 한 곡 불러라.”

“옛썰!”

노래를 부르라니까 민영옥은 기다렸다는 듯이 대답을 하고는 즉시 노래를 부르기 시작했다.

국내 남자 발라드 가수의 노래인데 잘 부르는 노래는 아니지만 목에 핏대를 세워가면서 성의껏 열심히 불렀다.

예로부터 술과 노래, 춤, 즉 음주가무는 한민족이라면 누구나 좋아한다.

술을 마시면 흥겨운 노래를 부르고, 그다음에는 노랫가락
에 맞춰서 덩실덩실 춤을 춘다.

노래 못 부르고 춤을 못 추는 사람은 한민족이 아니라고 할
정도로 음주가무는 우리 민족 대대로 이어져 내려온 절대적
유산이다.

민영옥의 노래가 끝나자 그때부터는 시키지 않아도 알아
서 다음 사람으로 이어졌다.

두 번째 주자는 모두가 함께 따라 부르고 춤출 수 있는 신
나는 댄스곡을 멋들어지게 불러 젖혔다.

소주와 맥주가 스무 상자쯤 비워질 무렵에는 주흥이 도도
해져서 다들 테이블을 두드리고 합창을 하면서 분위기가 절
정에 달했다.

고방아는 어느 팀장의 넥타이를 풀어서 머리에 묶고는 논
에 일하러 나가는 사람처럼 바짓가랑이 하나를 둥둥 걷어 부
치고 팀장들과 섞여서 익살스럽게 춤을 춰댔다.

그 모습은 절대로 여황이라고 할 수가 없었다. 그녀도 팀장
중 한 명으로 보였다. 아니, 술 취해서 망가진 한 명의 여자일
뿐이다.

을지은한은 21세기 대한민국의 노래도 모르고 춤도 못 추
지만 연달아 옆에 앉아서 연신 박수를 치며 즐겁게 흥을 돋우
었다.

그러더니 팀장 중 누군가 갑자기 박수를 치며 아랑의 이름을 불러대기 시작했다.

"아랑! 아랑! 아랑!"

그러자 곧 모두들 아랑을 쳐다보며 박수를 치면서 아랑을 연호했다.

그녀가 대한민국 최고의 아이돌이라는 사실을 진작부터 알고 있었던 그들은 이 기회를 빌려서 그녀의 노래를 듣고 싶었던 것이다.

연달아의 옆에 앉아서 술을 홀짝거리던 아랑은 어느덧 살짝 취해서 자그마한 몸을 발딱 일으켰다.

"나는 무대 없이는 안 불러!"

그녀의 말이 끝나기 무섭게 한쪽에 테이블 하나가 놓이고 조명까지 마련되었으며 마이크는 물론 노래방 기기에서 아랑의 최고 히트곡인 '아침에 눈을 뜨면' 의 전주가 쿵쾅거리며 흘러나왔다.

머리를 하나로 묶고 희고 여린 두 팔을 걷어붙인 아랑이 간이무대인 테이블 위에 올라가자 팀장들은 휘파람을 불고 괴성을 지르면서 난리를 피웠다. 이곳이 마치 아랑의 콘서트장인 것 같은 착각이 들 정도다.

아랑은 고개를 갸우뚱하면서 연달아를 향해 손가락으로 V자를 만들어 보이며 찡긋 윙크를 했다.

아침에 눈을 뜨면
쏟아지는 햇살보다도 먼저
당신을 느끼네.
아침에 눈을 뜨면
가을의 차가운 공기보다도 먼저
당신을 만져 보네.
아아~ 아침에 눈을 뜨면
어제보다 조금 더 당신을 사랑하네.

아랑은 자신의 히트곡을 연이어서 다섯 곡이나 열창했으며, 그 덕분에 분위기는 최고조에 달했다. 술자리는 아랑의 콘서트를 방불케 할 정도였다.

아랑의 마이크를 받은 사람은 고방아다. 그녀는 테이블 위로 뛰어올라 템포 빠른 노래를 세 곡이나 불렀다. 훌륭한 가창력도 좋은 목소리도 아니지만 분위기를 주도하는 데에는 손색이 없었다.

"달아! 한 곡 뽑아라!"

노래를 끝낸 고방아가 마이크로 연달아를 가리켰다. 그러자 모두들 박수를 치며 연호했다.

"달아! 달아! 달아!"

군왕의 이름을 함부로 불러댄다. 이쯤 되면 막가자는 것이다. 하지만 그것은 연달아와 고방아가 바라던 바다.

연달아는 주저하지 않고 나와서 마이크를 받고 테이블 위로 뛰어올랐다.

고방아와 아랑은 그가 가요를 모르는 것을 알고 있기 때문에 과연 무슨 노래를 부를 것인가 잔뜩 기대했다.

그는 꼿꼿하게 우뚝 서서 마이크를 입에 대고 우렁찬 목소리로 노래를 부르기 시작했다.

어아 어아
우리들 대조신의 크신 은덕은
배달국 백성들 모두가 천 년 만 년 잊지 못하리!
어아 어아
선한 마음 큰 활이 되고 악한 마음 과녁이 되었네!
우리들 만민이 모두 큰 활의 시위가 되고
우리들 선한 마음은 한마음으로 곧은 화살이 되리!
어아 어아
우리들 만민이 모두 큰 활로 한마음 되어
여러 과녁을 꿰뚫으니
펄펄 끓는 한마음 선한 마음에
한 조각 눈 덩이 악한 마음일세!

어아 어아
우리들 만민이 모두 한마음으로 굳센 활 되니
배달국의 위대한 영광일세!
천 년 만 년 잊지 못할 그 크신 은덕은
우리들의 대조신일세!
우리들의 대조신일세!

노래가 끝나자 실내가 조용해졌다. 아무도 이 노래를 아는 사람이 없는 듯했다.

하지만 노래를 듣는 동안 이상하게도 가슴속이 활화산처럼 들끓었고, 노래를 다 듣고 나자 감동이 밀려왔다.

노랫가락은 구성지면서도 힘찼고, 가사는 한 글자 한 글자가 다물의 원대한 목표에 걸맞았다.

그때 모두들 모여 있는 테이블 뒤쪽에서 을지은한이 갑자기 노래를 부르기 시작했다.

"어~아 어~아 우리들 대조신의 크신 은덕은~"

모두 몸을 돌려 을지은한을 쳐다보았다.

그녀는 부끄러운 듯했으나 얼굴을 노을처럼 붉히면서도 멈추지 않고 노래를 계속 불렀다.

"배달국 백성들 모두가 천 년 만 년 잊지 못하리! 어 아 어 아 선한 마음 큰 활이 되고 악한 마음 과녁이 되었네! 우리들 만민이 모두 큰 활의 시위가 되고 우리들 선한 마음은 한마음으로 곧은 화살이 되리!"

을지은한은 테이블 위에 우뚝 서 있는 연달아가 자기를 바라보면서 빙그레 미소를 짓는 모습을 발견하고 가슴이 쿵쾅거리고 얼굴이 화끈거렸으나 계속 끝까지 불렀다.

그녀의 노래가 끝나자 연달아가 다시 노래를 시작했고, 을지은한이 함께 불렀다.

두 사람의 듀엣이 끝나자 이번에는 고방아와 아랑이 합세해서 불렀다. 두 번 노래를 듣는 동안 어느덧 가사를 외우게 되었다. 연달아와 을지은한도 멈추지 않고 처음부터 다시 불렀다.

그러자 민영옥이 따라 부르더니 을지상웅과 팀장들도 한두 명씩 따라서 불렀다.

그리고는 어느 순간부터 모두들 함께 어깨동무를 하고 주먹을 휘두르면서 힘차게 합창을 했다.

어아 어아
우리들 만민이 모두 한마음으로 굳센 활 되니
배달국의 위대한 영광일세!
천 년 만 년 잊지 못할 그 크신 은덕은
우리들의 대조신일세!

노래를 끝까지 불렀으나 합창은 끝나지 않았다. 모두들 다시 처음부터 새로 불렀고, 목소리가 점점 커져서 실내가 쩌렁쩌렁 울렸다.

합창을 네 번 거듭하는 동안 모두 가사를 외웠고, 술 마시는 것도 잊은 채 목청껏 고래고래 합창을 계속했다.

이윽고 연달아가 손을 들어 노래를 멈추게 했다. 그냥 놔두면 밤새도록 부를 것 같았다.

"이 '어아가(於阿歌)'는 그 옛날 단군부루(檀君扶婁)께서 직접 만드셨고, 단군조선과 부여, 고구려까지 이어져서 두루 불렸다. 특히 광개토대제께서는 전투에 출병하는 군사들에게 '어아가'를 부르게 하여 사기를 높였는데, 그때부터는 고구려군의 군가가 되었다."

연달아의 말에 모두들 크게 고개를 끄덕이면서 과연! 과연! 하는 표정을 지었다.

연달아는 '어아가'를 알고 있는 을지은한에게 물었다.

"은한아, 조선에서도 '어아가'를 불렀느냐?"

"네. 오빠. '어아가'는 우리 민족의 뿌리라고 해서 방방곡곡에 널리 알려졌으며 조선의 높은 것들부터 하찮은 것에 이르기까지 모두 날마다 불렀다고 그러더라고요."

그녀의 말은 묘하게 비틀린 언어의 세계다. 더구나 매우 공손하게 말하니까 더욱 이상하게 들렸다. 그러나 뜻은 분명히 전달됐다.

"그랬구나. 그것은 좋은 일이다."

연달아는 고개를 갸웃거렸다.

"그런데 어째서 너희는 이 노래를 모르고 있느냐?"

모두들 부끄러운 표정을 짓자, 고방아가 인상을 쓰면서 언성을 높였다.

"일본 놈들 때문이야!"

"일본이 왜?"

"일본은 한일강제합병을 정당화하기 위해서 임나일본부설(任那日本府說), 즉 일본의 야마토왜(大和倭)가 4세기 후반에 한반도 남부 지역에 진출하여 백제, 신라, 가야를 지배하고, 특히 가야에는 일본부(日本府)라는 기관을 두어 6세기 중엽까지 직접 지배하였다는 얼토당토않은 억지주장을 만들어냈었어!"

그녀는 주먹을 불끈 쥐고 연설을 하듯 설명을 이었다.

"그래서 일본 놈들은 과거 자기네가 지배했던 한반도를 다시 되찾아 지배한다는 침략미화론(侵掠美化論)을 만들어냈는데, 그 이후에는 우리나라 상고시대부터 조선 말엽에 이르기까지 일본에 불리한 역사 자료나 증거들은 모조리 말소시켜

버리고, 반대로 자기네에게 유리한 역사는 크게 부풀려 침소봉대하는 정책을 사용했었어! 오죽하면 일본 놈들과 중국 놈들이 번갈아가면서 요동에 있는 광개토대제의 비문을 훼손하고 왜곡했겠어?"

"그런가?"

"그래! 그래서 우리나라에는 불과 100여 년 전의 정확한 역사 자료조차도 찾기가 어려운 실정이야! 그 지경인데 그 놈들이 '어아가'를 말살시키지 않았겠어? 증언에 의하면 '어아가'를 부르는 사람은 모두 잡아다가 지위고하를 막론하고 중형으로 다스렸다고 하더군! 일본 놈들은 개새끼들이야!"

고방아뿐만 아니라 모두의 얼굴에 분노의 표정이 역력하게 떠올랐다.

연달아는 정색을 하고 모두를 둘러보며 힘있는 목소리로 말했다.

"나라가 힘이 없으면 그런 꼴을 당하게 된다. 그러므로 우리는 다시는 그런 치욕을 겪지 않도록 막강한 힘을 길러야 한다! 알았느냐?"

"네!"

모두 우렁차게 대답하자 연달아는 왼 주먹으로 가슴을 두드리며 외쳤다.

“우아! 이렇게 대답하는 것이다!”

“우아―!”

모두 왼 주먹으로 가슴이 부서지도록 세게 치며 더욱 큰 함성을 터뜨렸다.

이 순간만큼은 모두들 가슴에 벅차서 단숨에 세계를 지배할 것만 같은 기백이 넘쳤다.

연달아가 테이블에서 내려오자 아랑이 궁금한 듯 물었다.

“오빠, 그런데 ‘어아가’ 에 나오는 대조신이 뭐야?”

“대조신(大祖神)은 환웅(桓雄)의 아버지이시며, 단군(檀君)의 할아버지이신 환인천제(桓因天帝)이시다.”

“그렇구나.”

아랑이 알았다는 듯 고개를 끄덕이고 나서 8팀장 민영옥이 오른손을 번쩍 들고 외치듯이 말했다.

“군왕 전하! 앞으로 ‘어아가’ 를 다물의 공식 지정가로 삼으면 어떻겠습니까?”

“찬성합니다!”

“다물가라고 하는 게 좋겠습니다!”

연달아는 크게 고개를 끄덕였다.

“좋은 생각이다. 하지만 단군부루께서 노래 제목을 친히 ‘어아가’ 라고 지으셨는데 우리가 마음대로 바꿀 수는 없다.

지금처럼 '어아가' 라고 하되 다물가로 삼도록 하자."

모두들 사기가 하늘을 찌를 듯하여 왼 주먹으로 가슴을 치며 함성을 질렀다.

"우아—!"

제52장

고향사람

R U N N E R
런너

술자리는 동이 터서야 겨우 파했다.

너무 술이 취해서 곤죽이 된 연달아와 고방아, 아랑, 을지
은한은 한 덩어리가 되어 침대에 쓰러져 곯아떨어졌다.

늦은 오후가 되어서야 네 사람이 깨어났을 때, 아랑은 연달
아의 몸 위에 엎드려 있고, 고방아와 을지은한은 그의 양팔을
베고 있는 모습이었다.

네 사람이 씻고 이른 저녁식사를 한 후에 을지상웅이 찾아
와서 보고를 했다.

"현재 투아호는 일본 오사카로 향하고 있습니다."

일본이라는 말에 연달아는 즉시 아버지 이리가수미가 떠올라서 가슴이 설레었다.

"일본은 왜?"

고방아가 의아한 얼굴로 물었다.

"군왕 전하께서 이리가수미님을 뵙고 싶어 하실 것이라고 대대로(大對盧)께서 말씀하셨습니다."

"대대로가 누군데?"

"베타님이십니다."

"아……."

고방아는 처음 알게 된 사실에 탄성을 터뜨렸다. 대대로는 고구려의 14관등(十四官等) 중에 첫째 등급이며 정치와 군사를 총괄하는 직책이었다.

그런데 그 직책이 다물에서 부활된 것이다. 또한 다물수호대의 베타, 즉 연정토가 다물의 대대로의 지위라고 한다.

그 사실은 연달아 일행으로선 금시초문이다. 하지만 연정토에게 딱 맞는 지위라고 생각했다.

아마도 그의 대대로라는 지위는 이리가수미나 보장태왕이 임명했을 것이다.

을지상웅은 조심스럽게 연달아의 표정을 살폈다.

"어떻게 생각하십니까?"

"일본행 말인가?"

"그렇습니다."

"아버님을 뵈올 수 있다니, 나는 무조건 찬성이다."

연달아는 창밖에 펼쳐진 푸른 바다를 보며 어린아이처럼 기대 어린 표정을 지었다.

예전에 연정토에게서 아버지 이리가수미가 살아 있으며 일본에 거주하고 있다는 말을 듣는 순간부터 연달아는 아버지와 상봉하게 될 날을 손꼽아 기다렸다.

그가 다물의 제일인자라고는 하지만 모든 것이 꽉 짜인 계획 안에서 돌아가고 있는 터라서 사사로운 개인 행동을 할 수가 없었다.

무리를 해서라도 일본으로 갈 수도 있지만, 그로 인해서 자칫 다물이나 전체 계획에 차질을 빚을까 봐 선뜻 그렇게 하지 못했다.

그런데 이제야 마침내 아버지를 만날 기회가 전혀 뜻하지 않게 찾아온 것이다.

"저기, 을지 대장님."

을지상웅이 인사를 하고 나가려는데 뜻밖에 을지은한이 조심스럽게 그를 불렀다.

"말씀하십시오, 델타님."

"을지 대장님의 성이 '을지' 인가요?"

을지상웅은 그녀가 그렇게 물을 줄 알았다는 듯 공손히 대답했다.

"그렇습니다. 저는 을지 가문의 52대 직계손입니다."

을지은한의 얼굴이 환하게 밝아졌다.

"소녀는 을지문덕 대장군의 손녀예요. 을지 가문의 5대손이지요. 그러면 소녀가 을지 대장의 할멈이로군요."

을지상웅은 그런 사실을 이미 알고 있었다. 그는 비로소 감개무량한 표정으로 을지은한 앞에 자세를 바로잡고 서서 옷깃을 여몄다.

"후손이 할머님께 절을 올리겠습니다."

을지은한이 무슨 절이냐고 펄쩍 뛰며 사양할 줄 알았는데 그녀는 의자에 단정하게 앉으며 고개를 끄덕였다.

"하세요."

을지상웅은 너무도 공손하게 깊숙이 절을 올렸다.

"을지 가문의 52대 후손 상웅이 은한 태조모님을 뵈옵니다."

평소 가녀린 모습만 보였던 을지은한은 꼿꼿하게 앉아서 을지상웅을 굽어보며 위엄 어린 표정을 지었다.

"상웅 네가 다물의 중책을 맡아서 일하고 있는 것을 보노라니 할미의 마음이 흐뭇하구나. 앞으로 군왕과 여황을 모시고 더욱 분골쇄신하여 21세기 고구려 제국 건설에 밑거름이 되도록 하라.”

연달아와 고방아 등은 그녀의 돌변한 모습에 적잖이 놀라는 표정을 지었다. 하지만 을지은한은 그런 것을 전혀 개의치 않는 모습이다.

“명심하겠습니다, 태조모님.”

을지상웅이 공손히 뒷걸음질해서 물러가자 비로소 을지은한은 위엄있는 자세와 표정을 풀고 연달아를 보며 평소의 수줍은 미소를 지었다.

“이상했어요?”

“잘했다.”

그러나 연달아는 칭찬하며 머리를 쓰다듬어 주었다.

서양순은 매우 초췌한 모습으로 자신의 객실 소파에 오도카니 앉아 있었다.

연달아의 지시로 그녀에게 화장실과 욕실이 딸린 일반객실이 주어졌고, 매 끼니를 제공하되 객실에서 나오지 못하게 했었다.

연달아는 이틀 전 수중익선에서 서양순을 심문한 후에 그녀의 어금니 안쪽에 마치 이빨처럼 심어져 있던 독약이 든 캡슐을 제거했다.

그리고는 그녀의 자살을 방지하는 별다른 조치를 취하지

는 않았다.

그 대신 비본부에 상주하고 있는 교섭인이 하루에 몇 시간씩 서양순과 대화하면서 그녀를 설득했다.

북한 주민들의 참혹한 궁핍함에 대해서는 서양순이 더 잘 알고 있기 때문에 구태여 설명할 필요가 없다.

단지 북한 전역에서 굶어죽는 주민들이 속출하고 있는 가장 큰 이유가 북한 최고지도부의 선군정치, 즉 주민들이 굶든 말든, 아사자가 속출하든 말든, 있는 돈 없는 돈 모두 긁어서 핵무기와 미사일 개발, 발사에 몰두하기 때문이라고 비디오 등을 보여주면서 설명해 주었다.

물론 대한민국의 풍요함도 보여주었다. 그리고 너를 이렇게 설득하는 이유는, 너를 이용하려는 것이 아니라 무지함을 깨우쳐 주려는 것이라는 사실을 강조했다.

그런데 뜻밖에도 서양순은 교섭인의 말을 쉽게 받아들였다. 거기에는 그럴 만한 이유가 있었다.

그녀는 17세에 인민군에 입대를 하여 19세에 정찰총국 휘하 저격연대에 지원하여 차출되었었다.

그런데 17세 전까지는 학교에 다니면서 친구들로부터 아주 쉽게 대한민국의 문화를 접했었다고 한다.

대한민국에서 인기 있었던 드라마를 비디오테이프로 친구들과 돌려서 보는 것은 물론이고, 인기있는 노래들을 복사해서 듣고 꽤 많이 외우고 다닐 정도였다.

학생들만이 아니라 북한 전역에는 대한민국의 문화가 만연해 있는 상황이라서 누구나 마음만 먹으면 쉽게 접할 수가 있다.

서양순이 대한민국의 많은 드라마들을 보고 또 가요를 섭렵했을 정도였다면, 대한민국이 얼마나 풍요로운 세상인지도 깨달았을 것이다. 그렇기 때문에 교섭인의 설명에 쉽게 공감을 할 수 있었던 것이다.

그러나 서양순이 끝내 대한민국으로 전향하지 못하는 한 가지 딱한 사정이 있었다.

그것은 북한 고향에 두고 온 가족들 때문이었다. 그녀의 고향에는 홀어머니와 남동생이 살고 있다. 그녀는 죽어도 가족을 버릴 수가 없다.

그렇기 때문에 목숨이 붙어 있는 한 북한으로 다시 돌아가야만 한다는 것이다.

그녀가 입대를 한 것도, 정찰총국 저격연대에 지원한 것도 홀어머니와 남동생을 위해서였다.

정찰총국 저격연대에 근무하면 배급이 남들보다 좋은데다 얼마간의 금전적인 수입도 있기 때문에 그것을 고향에 모두 보내서 가족들을 부양하고 남동생이 학업을 계속할 수 있도록 했었다.

그런데 그녀가 북한으로 돌아가지 않으면 홀어머니와 남동생은 다른 북한의 주민들처럼 굶주려야만 한다. 그러다가는 언젠가 짐승처럼 굶어죽고 말 것이다.

하지만 지금 그녀는 혼자 살아서 북한으로 돌아갈 수 없는 처지가 되었다.

암살팀 5명 중에서 4명이 죽었으며 작전은 실패했는데, 그녀 혼자 살아서 북한으로 돌아가면 그 결과는 손에 잡히듯이 뻔하다.

작전 실패의 책임을 그녀 혼자 뒤집어쓰고는 감옥에 갇혀서 지독한 고문을 당한 후에는 총살당하거나 운이 좋으면 탄광이나 수용소 같은 곳으로 보내질 것이 분명하다.

그렇게 되면 가족하고는 죽을 때까지 두 번 다시 만나지 못할 것이다.

그러므로 지금 서양순은 이러지도 저러지도 못하는 참담한 운명에 처해 있다.

서양순의 방에는 연달아와 을지상웅 두 사람만 들어갔다.

그녀는 소파에 멍한 얼굴로 앉아 있다가 들어서는 연달아를 발견하고 벌떡 일어났다.

그녀는 연달아를 두 번 봤었다. 그가 헬리콥터를 조종하고 있을 때 저격하기 직전에 조준경으로 처음 얼굴을 봤으며, 두 번째는 그가 수중익선에 탔을 때 모퉁이에서 숨어서 봤을 때였다.

일등사수인 그녀가 심장을 정확하게 적중시켰는데도 연달아가 살아 있는 것을 보고 그가 방탄조끼를 입고 있었을 것이라고 생각했다.

그래서 두 번째 습격 때에는 이마를 쏘려고 했는데 총을 쏘기도 전에 아랑의 염력에 목이 부러졌다.

그때 외에는 연달아를 보지 못했다. 그가 서양순의 부러진 목을 치료하면서 정신을 제압해 버렸기 때문에 그를 기억하지 못하는 것이다.

그녀가 심문을 당한 이후에 정신을 차렸을 때에는 수중익선 선실에 갇혀 있었고, 그다음에는 이곳 투아호 객실로 옮겨진 것이 전부였다.

서양순은 연달아에 대해서 아무것도 모른다. 단지 김정남 납치를 방해한 낯선 무리의 우두머리 정도로만 짐작하고 있을 뿐이다.

연달아가 아니었으면 서양순과 암살팀은 지금쯤 북한으로 향하고 있는 상선 장산곶호에 타고 있을 것이다. 물론 김정남을 데리고 말이다.

그러므로 서양순은 연달아를 몹시 원망하고 있다. 그를 보는 순간 눈빛이 새파래지면서 살기가 번뜩였다.

연달아는 소파에 앉으면서 서양순에게 맞은편에 앉으라고

손짓을 했다.

서양순은 연달아를 당장 죽일 듯이 노려보더니 잠시 후에 소파 맞은편에 꼿꼿하게 앉았다.

그녀는 사격술 외에도 극도의 유격훈련과 맨손 무술을 배웠기 때문에 총이 없다고 해도 연달아 하나 죽이는 것은 어렵지 않다고 생각했다.

하지만 지금은 그 마음을 꾹 눌러 참았다. 연달아를 죽인다고 해서 커다란 배에 탄 채 바다에 떠 있는 상황에서는 별로 달라질 것이 없다고 생각하기 때문이다.

연달아는 물끄러미 서양순을 쳐다보았다. 코와 눈 밑에 깨알 같은 주근깨가 있는 귀엽게 생긴 얼굴이다. 성난 기색이 가득 담긴 채 연달아를 쏘아보고 있는 동그란 눈은 예뻤으며, 꼭 깨물고 있는 입술은 금세라도 툭 터져서 피가 뿜어질 것 같았다.

이윽고 연달아가 조용히 입술을 뗐다.

"양순아이, 너으 제마 몇 살이지비?"

"……."

서양순은 깜짝 놀라서 눈을 동그랗게 뜨고 연달아를 바라보았다.

방금 그가 한 말은 함경도 사투리다. 그녀 어머니의 나이가 몇 살이냐고 물었다. 그런데 서툰 사투리가 아니라 그곳에서 자란 본토박이의 사투리라는 것을 그녀는 한 번 듣고 즉시 알아차렸다.

"내 고향은 함주(咸州)다이. 너으는 어덴둥?"

"아……."

"니 구먹댕이(귀머거리)강?"

"우리… 제마는… 함흥직할시 흥남구역 하덕동에 사우다."

서양순은 크게 당황했다. 그러면서도 연달아에 대한 경계심과 원망이 눈 녹듯이 사라지고 있는 것을 느꼈다. 고향사람을 만났다는 것은 바로 그런 것이다.

"너으 아방이(아버지) 있는가이?"

"없수다. 고저 내 어릴 때 죽었꾸마이."

"제마랑 애끼(남동생) 보고 싶어도 잠시 참으라이. 내 고대(금세) 데불고 올꾸마이."

서양순의 눈이 더욱 커졌다.

"차… 참말임까?"

"내래 거짓부렁 앙이 한다이."

연달아는 옆에 서 있는 을지상웅을 쳐다보았다.

"양순이에게 가족이 살고 있는 주소를 자세히 받아서 북한에 있는 팀에게 전해라. 양순이 가족을 최대한 빠르고 안전하게 서울로 데려와라."

"알겠습니다."

서양순은 연달아와 을지상웅을 번갈아 보면서 반신반의하며 어쩔 줄을 몰랐다.

"차… 참말로 가족을 데려와 줄 거임둥?"

연달아는 미소 지으며 고개를 끄덕였다.

"내는 한뉘(일평생) 거짓부렁 앙이 해봤다이."

"아아……."

서양순의 커다란 눈에서 굵은 눈물이 후드득 떨어졌다.

"제마와 애끼만 데불구 와준담서 내래 죽어도 여한이 없지 않겠슴둥. 참말로 고마스꾸마이… 고마우다……."

연달아는 손을 뻗어 서양순의 어깨를 두드렸다.

"너무 울면 맬간 얼굴 얼구뱅이(곰보) 된다이."

"으흑흑."

서양순은 아직 가족을 구해온 것도 아닌데 말만 듣고도 눈물을 참지 못했다. 그것은 그녀가 그만큼 가족을 사랑하기 때문일 것이다.

연달아는 서양순과 김정남 둘 중에서 서양순을 먼저 만났다. 비중은 김정남이 더 크게 차지하고 있지만, 인간적인 면으로는 서양순이 더 가깝게 여겨졌다. 이유는 하나, 순전히 동향 사람이라는 것 때문이다.

연달아는 김정남을 만나기 전에 투아호에 있는 북한 전문가에게 현재 북한 지도층의 상황과 다물이 김정남을 어떻게 이용할 것인지에 대해서 충분하게 들었다.

척!

연달아와 김정남, 을지상웅, 그리고 북한 전문가가 객실로 들어서자 창가에 서서 뒷짐을 지고 창밖을 내다보고 있던 김정남이 천천히 뒤돌아보았다.

김정남은 조금도 놀라는 기색이 없고 초조한 표정도 아니었다. 단지 초췌한 얼굴에 쓸쓸함이 엿보였다.

아마 북한 암살팀이 그를 납치하는 과정에서 동거녀인 서영라를 사살했기 때문일 것이다.

그는 자신의 눈앞에서 서영라가 사살되어 피투성이가 된 모습을 똑똑히 목격했다.

김정남은 북한에서 암살팀을 보냈다는 것과 미국 CIA들이 개입되었다는 사실, 그리고 자신이 납치되어 끌려가다가 중간에 신원불명의 연달아 일행에게 다시 납치되어 투아호로 끌려온 상황이었다.

그런데도 그는 뜻밖에도 별로 흔들리지 않는 모습을 보여주고 있다.

아마 비운의 황태자가 된 현재 자신의 처지를 낙담하고 있거나, 아니면 오랜 황태자 생활로 인해서 웬만한 일에는 끄떡도 하지 않는 내공이 생겼기 때문일 것이다.

연달아와 고방아는 김정남을 힐끗 쳐다보고는 침대 옆 소파로 걸어가서 나란히 앉았다.

"이리 앉으시오. 할 말이 있소."

을지상웅이 무덤덤한 표정의 김정남에게 소파를 가리켰다.

김정남은 연달아와 고방아에게 한 번 시선을 주고는 느릿하게 소파로 걸어왔다.

그런데 그의 힘없는 발걸음과 축 늘어진 어깨를 보고 고방아는 그가 자신의 현재 처지를 낙담하고 있는 것이라고 판단했다.

그는 맞은편에 앉아서 초점 없는 눈으로 물끄러미 연달아와 고방아를 바라보았다.

관찰하려는 것도 아니고, 자신의 목숨을 구걸하려는 의지 같은 것도 보이지 않았다. 그는 그저 자신의 처지를 낙담하고 있을 뿐인 듯했다.

"묻겠소."

그때 고방아 옆에 우뚝 서 있는 을지상웅이 김정남을 굽어보며 나직하게 입을 열었다.

김정남은 멀뚱하게 그를 바라보았다. 할 말이 있으면 해보라는 투다.

을지상웅은 그의 표정에는 상관없이 진지하게 말했다.

"북한을 어떻게 하고 싶소?"

전혀 뜻하지 않은 물음에 김정남의 얼굴에 흐릿한 변화가 일었다. 무슨 뜻이냐는 표정이다.

"만약 당신이 북한의 최고지도자라면 지금의 북한을 어떻게 하고 싶으냐고 묻는 것이오."

"그게 중요하오?"

뜻밖에 그의 말투는 정중했다. 또한 굵직한 저음에 또렷한 목소리였다.

"중요하오."

"어째서 중요하오."

"대답을 어떻게 하느냐에 따라서 당신의 거취가 결정될 것이기 때문이오."

거취라는 말에 김정남의 얼굴이 약간 어두워졌다. 그러나 그는 자신의 현재 처지가 더 이상 떨어질 곳 없는 구렁텅이로 빠진 상황이라고 생각하고 있다.

그것은 그가 지금보다 더 나쁜 일은 일어나지 않을 것이라고 생각한다는 것이다.

"내가 조선민주주의인민공화국의 총비서 겸 국방위원장이 됐다면 말이오? 그렇다면."

그는 별로 진지하게 생각하지 않는 것처럼 말했다. 하지만 그가 말하는 내용은 진지했다.

"남조선하고 담판을 지어서 북조선을 조건부로 책임지라고 하겠소."

연달아는 만약 그에게서 시원찮은 대답이 나오면 그를 포기할 생각이었다. 그래서 그를 자유롭게 놔줘서 원하는 곳에 가서 조용히 살도록 해주려고 했다. 그런데 전혀 뜻밖의 대답이 나왔다.

"나는 당신들이 누군지 모르오. 그러나 짐작은 하고 있소. 어쩌면 당신들은 북조선에서 보낸 공작팀일 것이오. 나를 납치한 암살팀을 죽인 것처럼 위장하고, 나를 구해낸 것처럼 보여서 안심하게 만들려는 수작이겠지. 그리고는 내 속셈이 어떤지 한 번 들어나 보자는 속셈이겠지. 그다음에 죽여도 상관이 없을 테니까 말이야. 그렇다면 잘 됐소. 나는 품고 있던 말을 다 하고 싶으니까 그다음에 죽이든 말든 마음대로 하시오."

그는 자포자기한 상태로 말을 이었다. 차라리 그편이 좋다. 그렇다면 목숨 따윈 포기한 채 하고 싶은 말을 다 토해낼 테니까 말이다.

그는 마치 어느 정도 술에 취한 사람이 주절거리듯이 손짓을 섞어가면서 말했다.

"지금 북조선은 지도부나 인민들 모두 악다구니밖에 남지 않았소. 3대 세습 같은 것은 조선시대나 가능한 것이지 21세기에 말이나 되오? 북조선은 모든 것이 다 바닥났소. 돈줄도 바닥났고 인민들의 인내심도 바닥을 드러냈소. 바싹 마른 장작더미라는 말이오. 거기에다가 성냥불만 그어대면 삽시간에 큰불이 일어나고 마오."

김정남은 말을 하면서 조금씩 흥분했다. 오랫동안 가슴속에 묻어두었던 것을 이 기회에 터뜨리는 것 같았다. 그는 진심을 토로하고 있는 것이 분명했다. 더구나 목숨을 내놓고 하는 말이다.

"내 동생 정은이는 벼랑 끝에 서서 아주 위험한 도박을 하고 있소. 핵무기와 미사일 따위로 위협하여 남조선과 미국을 막판까지 밀어붙여서 어떻게 하든지 최대한의 자금과 식량지원을 얻어내려는 것이오."

김정남은 고개를 절레절레 가로저었다.

"그러나 그런 일을 아버지가 했다면 먹혀들겠지만 정은이는 통하지 않소. 아니, 정은이는 핫바지에 불과하오. 개 주변에 있는 고모나 고모부 등이 개를 꼭두각시로 조종하고 있는 것이오."

연달아와 고방아는 묵묵히 듣기만 했다.

"남조선하고 미국을 끝까지 밀어붙이다가 먹히지 않고 막바지에 몰리게 되면, 모르긴 해도 이판사판 전쟁을 일으킬 것이오. 당연히 계획 같은 것이 있을 리 없소. 지금도 무계획인데 막바지에 몰려서 무슨 계획이 있겠소? 전쟁을 일으켜서 어떻게 해보겠다는 것도 아니오. 북조선 인민들의 인내심이 폭발하여 반란이 일어나서 그들에게 맞아죽는 것보다는 전쟁이라도 한 번 일으켜 보자는 것이오. 운이 좋아서 그게 먹히면 한반도를 적화통일하는 것이고, 아니면 북조선, 남조선 같이 공멸(共滅)하자는 거지 뭐."

"그래서 당신이 조금 전에 말한, 남조선하고 담판을 짓겠다는 것은 무슨 뜻이오?"

말하다가 자기 얘기에 꽤 흥분한 김정남은 주먹으로 손바닥을 두드렸다.

"말 그대로 담판이지 뭐가 있겠소? 내가 북조선 총비서라면 말이오. 나를 비롯한 북조선의 지도부가 모조리 싹 다 물러날 테니깐 그 대신에 남조선이 북조선 인민들 모두를 책임지라고 할 것이오."

"책임이라고 했소?"

"그렇소! 책임이오!"

김정남은 예전보다는 살이 많이 빠진 상태지만 아직도 퉁퉁한 거구의 몸집이다.

흥분을 한데다 말을 많이 하니까 숨이 가빠서 숨소리가 씩씩 흘러나왔다.

"나를 비롯한 북조선 지도부가 물러나면 죽이든 살리든 어떻게 해도 상관없소. 그저 몇백 명 목숨 주고서 2천만 인민 목숨을 구하면 그게 남는 장사 아니고 뭐겠소? 제일 먼저 남조선의 정부와 군대가 북진해서 순식간에 북조선을 장악하는 것이오. 그전에 내가 북조선 군대를 모조리 무장해제 시켜 놓을 테니 별 저항은 없을 것이오. 그다음에 인민들을 기아에서 구해달라는 것이오. 그러면 더 이상 굶어죽는 인민들은 나오지 않을 것 아니겠소?"

김정남은 유럽에서 대학교육을 받았기 때문에 사고방식이 꽤 트여 있다.

그리고 생각하는 것이 서구화되었다. 아니면 후계자 자리에서 쫓겨난 신세라서 먹지 못하는 감 찔러나 보겠다는 심보일 수도 있다. 그러나 그의 다음 말이 그를 조금쯤 신뢰하게 만들었다.

"만약 북남이 통일된다면 인구가 자그마치 7천만이오. 게다가 북조선에는 핵무기와 대륙간탄도탄미사일까지 있소. 남조선은 군사력 면에서 세계 7위요. 그게 북조선하고 합치면 어떻게 될 것 같소? 단번에 세계 4위가 될 것이오. 3위는 중국이지만 우리하고 맞붙으면 중국이 우세하다고는 절대로 장담할 수 없을 게요."

김정남이 거친 숨을 몰아쉬는 것으로 미루어 다음에 나올 말이 매우 중요할 것 같았다. 연달아와 고방아는 묵묵히 그의 다음 말을 기다렸다.

"그렇게 되면 중국하고 한 번 붙어볼 만하지 않겠소? 중국은 지난 수십 년 동안 어설픈 개방이다 뭐다 하면서 기강이 많이 해이해진데다 자본주의에 많이 물들었소. 더구나 15억 인구에 비해서 군사력은 형편없소. 또한 50개가 넘는 소수민족들이 저마다 자기네 옛 땅에 어떻게 해서라도 독립국가를 한 번 세워보겠다고 이제나저제나 기회만 노리고 있는 실정이오."

김정남은 말을 멈추었다. 자기가 너무 흥분했다는 것을 깨달은 것이 아니라 단지 호흡을 고르기 위해서다.

아니, 그는 절대로 흥분하지 않았다. 평소 뱃속에 담아두고 있던 말을 와르르 쏟아내고 있는 터라 속이 시원해지면서 묘한 카타르시스마저 느끼고 있었다.

"중국 내 소수민족들을 잘 이용해서 선동을 일으키고, 그것을 내란으로 이어갈 수만 있다면, 또 중국이 보유하고 있는 핵무기를 사용하지 못하도록 묶어버린다면, 한번 해볼 만한 전쟁이 아니겠소?"

그리고 그는 끝으로 연달아와 고방아, 아니, 을지상웅까지도 생각하지 못했던 것을 말했다.

"전 세계에 남아 있는 공산국가는 몇 안 되오. 중국과 북조선, 라오스, 베트남, 쿠바 정도가 고작이오. 그런데 북조선과 남조선이 통일되면 중국을 비롯한 네 나라만 남게 되오. 그런데 우리가 중국에게 전쟁을 걸었소. 그렇다면 그게 과연 무엇을 뜻한다고 생각하오?”

“무엇을 뜻하오?”

그렇게 묻는 을지상웅의 목소리가 조금 긴장됐다.

“소련이 해체된 이후에 중국은 자신들이 공산주의 종주국이라고 자처해 왔소. 자부심이 대단하지. 그런 중국이 무너지면 라오스와 베트남, 쿠바의 공산 정권도 자연히 도미노처럼 와해될 것이라는 뜻이오. 다시 말해서 전 세계에 더 이상 공산국가는 존재하지 않게 된다는 것이오.”

“음!”

김정남의 말에 을지상웅은 어떤 생각이 떠올라서 자신도 모르게 나직한 시음을 흘렸다.

김정남의 눈이 처음으로 날카롭게 빛났다.

“만약 북남통일국가가 중국하고 전쟁을 일으킨다면 과연 전 세계가 어떻게 반응할 것 같소? 그리고 어느 나라가 제일 좋아할 것 같소?”

“미국이오?”

“미국뿐이겠소? 정도의 차이는 있겠지만 전 세계가 쌍수를 들어 환영, 아니, 만세를 부를 것이오. 중국은 그 정도로 전 세계 국가들에게 밉보였소."

　김정남은 마치 자기가 상상하고 있는 광경이 눈에 선한 것
처럼 회심의 미소를 지었다.

　"열 명이 자기 밥 한 숟가락씩만 덜면 한 그릇이 나오지 않
소? 그게 십시일반(十匙一飯)이오. 아니, 전 세계가 북남통일
국가와 중국의 전쟁에서 우리 편을 들어주면 백시일반(百匙
一飯)이오. 중국이 아무리 발악을 해도 전 세계를 상대로 싸
울 수는 없을 것이오."

　연달아와 고방아는 더 들어볼 것도 없다고 생각해서 나란
히 일어섰다.

　"따라오게."

　연달아는 조용히 한마디 던지고 객실을 나갔다.

　김정남은 여태까지 연달아와 고방아가 앉아 있고 을지상
웅이 옆에 서 있었던 것으로 미루어서 을지상웅이 두 사람의
부하라고 생각했다.

　하지만 두 사람이 아무 말도 하지 않고 있다가 '따라오라'
는 말만 하고 나가자 어리둥절했다.

　"왜 그러는 것이오?"

　"말 그대로요. 따라오시오."

　을지상웅은 길게 설명하지 않고 연달아와 같은 말을 되풀
이하며 밖으로 나갔다.

연달아는 김정남의 속마음을 충분히 알게 되었다. 그는 거짓말을 한 것이 아니다. 나중에는 어떻게 변할지 몰라도 지금은 진실을 말하고 있다.

그렇다면 현재 북한의 김정은 체제를 김정남 체제로 바꿔줄 만한 가치가 충분히 있다.

북한 주민들이나 북한 군대는 당 총비서나 국방위원장이 누가 되든 상관이 없다. 김정은이든 김정남이든 자신들을 이끌어주기만 하면 된다.

북한은 김정은을 대신할 사람, 아니, 꼭두각시가 필요하다. 반면에 다물은 손발이 되어 북한을 고스란히 대한민국에 두 손으로 바칠 꼭두각시가 필요하다. 현재로선 쌍방에서 필요로 하는 인물이 김정남이다.

연달아가 잠시 얘기를 들어본 바로는, 그 일에 김정남이 두말할 필요 없이 적격자다.

을지상웅은 객실 밖에서 기다리고 있다가 김정남이 나오자 조용히 물었다.

"북한 암살팀이 몇 명이었다고 생각하오?"

"내가 보기에… 약 스물다섯 명쯤 되는 것 같았소."

"북한 암살팀은 다섯 명뿐이었소. 나머지 스무 명은 베이징에서 온 중국특수부대원이었소."

"……"

김정남은 충격을 받은 듯 눈을 크게 뜨고 아무 말도 하지 못했다.

하지만 그는 을지상웅의 말을 의심하지 않았다. 충분히 그럴 수 있다고 생각하기 때문이다.

그리고 그는 언젠가는 중국이 자신을 버릴 것이라고 예견하고 있었다.

중국은 이제 동생 김정은을 북조선의 최고지도자로 인정했기 때문에 보호하고 있던 김정남을 불필요한 존재로 여기는 것이 분명하다.

그렇기 때문에 북한에서 보낸 암살팀을 도울 중국특수부 대원들을 파견한 것이다.

제53장

이리가수미의 죽음

RUNNER
런너

  김정남은 투아호 9층 연달아와 고방아의 숙소에 가기 전에
을지상웅에게서 그다지 길지 않은 이야기를 들었다.

  웬만큼 사전 지식을 듣고 나서 연달이와 고방아를 만나서
핵심적인 대화를 나누라는 을지상웅의 작은 배려였다.

  을지상웅이 한 얘기는 다물에 대한 것이다. 하지만 수박 겉
핥기 정도로만 말해주었다.

  김정남에게 구태여 깊게 설명할 필요까지는 없다. 단지 그
가 어떻게 돌아가고 있는 상황인지 이해할 수만 있으면 되는
것이다.

을지상웅이 한 설명을 크게 세 가지로 나눈다면 첫째, 다음 달에 있을 대한민국의 대통령 선거에서 승리를 굳혀놓은 이명훈 의원이 연달아와 고방아의 부하라는 사실.

둘째, 신시그룹이 연달아와 고방아 소유라는 것..전 세계에 조력자들을 많이 포섭했다는 것.

그리고 마지막 세 번째는 연달아와 고방아의 의지가 김정남과 동일하다는 사실이다.

*   *   *

거대한 투아호가 일본 혼슈 긴키 지방 요도가와강 하구에 위치한 오사카항으로 육중하게 들어섰다.

일본 오사카의 출입국관리사무소 직원이 투아호에 승선하여 배에서 내릴 연달아와 고방아, 아랑, 을지은한, 을지상웅, 그리고 해외총괄부 일본 팀장 이슬비의 여권을 검사하고 도장을 찍어주었다.

이슬비는 여자로서 재일교포 3세인데 명문 와세다대학에서 박사 학위까지 받은 25세의 재원이다.

이리가수미와 다물의 일본에 있는 기반과 묵인자의 세력 등에 대해서 이슬비는 단연 최고의 전문가다.

연달아 일행은 두 대의 승용차에 나누어 타고 투아호에서 곧장 항구로 달려 내려섰다.

그런데 생각하지도 않았던 인물이 그들이 탄 차 앞을 가로막았다. 그 사람의 얼굴을 보는 순간 고방아는 의아한 표정을 지었다.

"저 사람 다카하시 아냐?"

그렇다. 차를 막아선 사람은 도쿄경시청 조직범죄대책부 소속 경부인 다카하시였다.

조수석의 연달아가 창문을 열자 다카하시가 재빨리 다가왔다. 그는 반가운 표정으로 고개를 숙였다.

"연달아 씨! 오랜만입니다! 반갑습니다!"

다카하시는 연달아의 무릎에 앉은 아랑에게도, 뒷자리의 고방아에게도 일일이 반가운 인사를 건넸다.

"무슨 일인가?"

인사가 끝난 뒤 연달아가 궁금한 얼굴로 물었다.

"후치 사마를 만나러 가시는 길입니까?"

다카하시가 되물었다. 그런데 그는 연달아 일행이 만나러 가는 인물, 즉 '후치'를 정확하게 알고 있었다. '사마'라는 호칭은 이름 뒤에 붙이는 '님'이라는 뜻이다.

후치는 한자로 연개소문의 성인 '연(淵)'을 뜻한다. 일본에서의 이리가수미는 한자 이름인 연개소문의 성 '연'과 이름

의 끝인 ‘문’을 써서 ‘연문’, 즉 ‘후치후미’라는 일본 이름을
사용하고 있다.

연달아는 일본 담당 팀장인 이슬비에게 그런 내용을 들어
서 알고 있다.

하지만 다카하시가 후치후미를 알고 있다는 것과 연달아
가 그를 만나러 간다는 것까지 알고 있다는 사실은 전혀 뜻밖
이었다.

“그렇네.”

연달아는 구태여 다카하시에게 거짓말을 하고 싶지 않아
서 고개를 끄덕였다.

“매우 중요한 정보가 있습니다. 저도 같이 가면 안 되겠습
니까? 가는 길에 말씀드리겠습니다.”

“타게.”

연달아는 다카하시의 느닷없는 출현에 많은 흥미를 느꼈
다. 그리고 그가 일본인이기는 하지만 적이 아니라고 생각하
기 때문에 동승을 허락했다.

“은한아, 저쪽 차에 타라.”

“싫어요. 언니가 가세요.”

뒷자리에는 고방아와 을지은한 두 사람이 타고 있는데, 다카
하시가 탈 경우에 몸이 닿을 것이라고 예상한 고방아가 을지은
한에게 턱으로 뒤의 차를 가리켰다. 그녀는 자신의 몸이 다른

사람에게 닿거나 뒷자리 가운데에 앉게 되는 것이 싫었다.

그런데 뜻밖에도 을지은한은 강하게 거부하고 나왔다. 그러면서 오히려 고방아더러 다른 차에 타라고 했다. 말하자면 새카만 쫄따구가 하극상을 눈 하나 까딱하지 않고 저지른 것이다.

"너······."

고방아가 어이없다는 듯 쏘아보는데도 을지은한은 팔짱을 낀 채 가녀린 몸을 웅송그리며 요지부동이다. 그녀는 연달아의 곁을 절대로 떠나고 싶지 않은 것이다.

"은한아, 네가 가라."

"네."

하지만 연달아가 조용히 말하자 을지은한은 조금도 섭섭한 표정을 짓지 않고 순순히 차에서 내려 을지 가문의 후손 을지상웅이 혼자 타고 있는 차로 갔다.

"쟤 왜 저래?"

말은 그렇게 했지만 을지은한이 왜 그러는지 짐작하지 못할 고방아가 아니다.

바보가 아닌 이상 요즘 을지은한의 행동을 보면 그녀가 연달아를 몹시 좋아하고, 아니, 연모하고 있다는 사실을 모를 리가 없다.

“중요한 사실을 알아낸 것 같아서 제가 한국으로 가서 연달아 씨를 만나려고 했습니다.”

이슬비가 운전하는 대형승용차가 오사카 시내를 향해 움직이자 다카하시가 말문을 열었다. 연달아가 알고 있는 그는 진중하고 침착한 성격인데 지금은 목소리가 많이 흥분하고 있었다.

그로 미루어 그가 말하려고 하는 내용이 심상치 않다는 것을 짐작할 수 있다. 그러지 않았으면 연달아는 그를 차에 태우지 않았을 것이다.

“연달아 씨하고 전화통화를 하려고 강현욱 형사에게 물어봤더니 자기는 잘 모른다면서 유도한 강남경찰서장 전화번호를 가르쳐 주더군요.”

유도한은 다물의 정요원이니까 다카하시는 줄을 제대로 잡은 셈이다.

“유도한 서장은 자꾸 무엇 때문에 그러느냐고 꼬치꼬치 캐묻더군요. 내용을 알기 전에는 연달아 씨의 전화번호를 가르쳐 줄 수 없다면서요.”

다카하시는 연달아하고 통화하려는 과정이 몹시 힘겨웠는지 고개를 설레설레 저었다.

“그래서 ‘묵인자’에 대해서 긴히 할 말이 있다고 말했더니 유도한 서장이 깜짝 놀라면서 ‘묵인자’의 무엇 때문에 그러느냐고 묻기에 연달아 씨에게만 말할 거라고 했더니 잠시 기다리라고 하면서 전화를 끊더군요."

유도한은 그 즉시 연정토에게 전화를 걸어서 다카하시에게 들은 얘기를 보고했다.

'묵인자'는 다물 최대의 적이다. 그런데 다카하시가 그 이름을 들먹인다는 것은 매우 뜻밖이면서도 중요한 일이다. 그것은 다카하시가 '묵인자'에 대한 정보를 갖고 있다는 뜻이기 때문이다.

결국 연정토는 연달아가 곧 일본 오사카에 도착할 것이라는 사실을 다카하시에게 알려주었다.

"연달아 씨, 묵인자가 누군지 아십니까?"

뒷자리 가운데에 앉은 다카하시는 상체를 운전석과 조수석 사이 앞쪽으로 잔뜩 숙이고 연달아를 보면서 물었다. 그의 이런 모습은 예전에는 볼 수 없었던 것이다. 그걸 보면 그가 많이 흥분하고 있음을 짐작할 수 있다.

"아네. 하지만 자네가 먼저 말해보게."

다카하시는 연달아가 누군지 정확하게, 아니, 어렴풋이도 모르고 있다.

하지만 그에 대해서 아는 것이 있다. 그가 놀라운 능력을 지녔다는 사실이다.

그리고 그가 매우 신비하면서도 높은 지위의 인물일 것이라고 짐작한다.

"일전에 연달아 씨께서 제게 준 정보는 정말 유용했습니다. 덕분에 저뿐만 아니라 일본경찰과 일본정부가 사경에서 벗어났습니다. 여고생 납치 살인사건은 완전히 끝났습니다. 그리고 텐쵸오의 청부를 받아서 그 일에 가담했던 야쿠자들을 깡그리 검거했습니다."

자칫하면, 아니, 연달아의 도움이 아니었으면 일본경찰의 능력으로는 도저히 손도 대보지 못했을 일본열도 전역에서 벌어진 여고생 납치 살인사건의 전말이 완전히 밝혀졌고 또 해결되었다.

다카하시는 그것을 자신의 공으로 돌리지 않고 한국인 연달아의 공이라고 추켜세웠다.

그래서 그동안 대한민국에 대해서 오만함으로 일관해 왔던 일본정부가 조만간 공식적으로 연달아에게 감사를 표명할 예정이라고 한다.

더구나 일본경찰청장과 총리의 공동 명의로 훈장 수여를 품신했으며, 그 결과 일왕 헤이세이가 연달아에게 감사패와 일본 최고의 훈장인 국화장(菊花章)을 수여할 것이라고 알려져 있다.

다카하시는 경부의 계급으로 여고생 납치 살인사건을 지휘하여 해결했으며, 현재는 보쿠닌 그룹에 대한 조사와 체포 작전을 진두지휘하고 있는 중이다.

무려 300명의 경찰과 500명의 정보원을 풀어서 보쿠닌 그룹 전체의 범죄를 조사하고 있는 단계다. 보쿠닌 그룹을 더욱 확실하게 붕괴시키기 위해서는 철두철미한 조사가 관건이라고 그는 믿고 있다.

그런데 보쿠닌 그룹 회장실에 은밀하게 설치된 마이크로 카메라에 뜻하지 않은, 그리고 도무지 종잡을 수 없는 내용의 장면과 대화가 찍혔다. 다카하시는 그것을 갖고 왔다.

"이걸 보십시오."

그는 신시자동차에서 만든 최고급 프레스티지 차량인 타이탄 900시리즈에 대해서 잘 알고 있는 듯 기계를 조작하여 컴퓨터에 갖고 온 USB를 삽입시켰다.

대시보드에서 화면이 튀어나오고 곧이어 화면에 어떤 장면이 나타났다.

그곳은 어떤 으리으리한 실내였다. 소파에 두 사람이 마주 앉아서 대화를 나누고 있는 광경이다.

"츠네야마 도노, 묵인자께서 내일 현재로 돌아오십니다."

"묵인자께서? 오쿠다, 그게 정말이냐?"

다카하시가 연달아를 위해서 통역을 해주었다.

'츠네야마 도노'라고 불린 사람은 남자인데 45세 정도 나이에 사각턱을 지녔다.

그리고 최고급 정장을 입었으며, 짧은 머리에 매처럼 날카로운 눈매를 지니고 있다. '도노' 라는 것은 '나리' 라는 뜻인데 극존칭이다.

츠네야마 맞은편에 공손하게 앉아 있는 오쿠다라는 사내는 정장 차림에 중후한 인상을 지닌 50세 정도의 입 주변과 턱에 수염을 기른 중년인이다.

"그렇습니다. 당나라에서 철병호위군을 이끌고 오신다고 말씀하셨습니다."

"철병호위군이라고?"

츠네야마는 손으로 무릎을 치며 기뻐하는 모습이다.

"핫핫핫! 아버님께서 철병호위군을 이끌고 오시면 대업은 성공한 것이나 다름없다!"

"그렇습니다."

츠네야마가 테이블에 있는 위스키를 컵에 부어 들어 올리면서 득의하게 웃어댔다.

"하하하! 아버님께서 철병호위군을 이끌고 오시면 일본과 한국, 북한을 동시에 쳐서 집어삼키는 것이다! 뒤통수를 치는 거지!"

그런데 츠네야마는 위스키를 한 모금 마시고 나서 무슨 생각에선지 갑자기 미간을 잔뜩 찌푸렸다.

"그렇지만 텐쵸오와 쿠로카미, 카류우, 하나요메 등 가디언을 넷이나 잃었으니 입맛이 쓰군."

오쿠다가 츠네야마의 컵에 위스키를 따르면서 위로했다.

"츠네야마 도노, 상대는 런너 그것도 무한런너입니다. 일개 가디언이 무한런너를 이기는 것은 불가능합니다."

츠네야마는 위스키 컵을 쥐고 일어나서 소파 뒤쪽 넓은 공간을 오락가락하면서 잔뜩 인상을 썼다.

"그놈 이름이 연달아라고 했지? 여황은 고방아고?"

"그렇습니다. 연달아는 고구려 연개소문, 즉 이리가수미의 넷째 아들이고, 고방아는 고구려 보장태왕의 딸 가연공주입니다. 고구려 시절에 둘은 정혼을 한 사이였습니다. 그래서 그 당시 요동 오골성에서 둘은 신접살림을 차리기도 했었습니다."

"그런 시시콜콜한 얘길 듣자는 게 아냐!"

츠네야마가 벌컥 신경질을 냈다.

연달아와 고방아, 아랑은 화면에 온 신경을 다 뺏겼다. 하지만 이슬비는 화면을 힐끗거리지도 않고 전방을 주시하며 운전에 전념했다.

고방아와 이슬비는 일본어에 능통하지만, 그렇지 못한 연달아와 아랑은 눈으로는 화면을 보고 귀로는 다카하시의 통역을 듣는 데 집중하고 있다.

"광런너인 보장태왕은 어떻게 됐지?"

"묵인자께서 별말씀이 없으셨지만 현재로 돌아오시는 것을 보면 광런너를 죽이신 것이 분명하지 않겠습니까? 기억하십니까, 묵인자께선 그자를 죽이기 전에는 돌아오지 않으신다고 말씀하셨습니다."

"광런너가 죽었다는 말이지?"

그때 놀란 고방아와 아랑이 동시에 나직하지만 짧은 숨소리를 냈다.

"헉!"

보장태왕은 고방아와 아랑의 아버지다. 그가 죽었다는데 어찌 놀라지 않겠는가.

다카하시는 옆자리의 고방아를 힐끗 쳐다봤지만 다시 화면에 시선을 주었다.

츠네야마가 위스키를 단숨에 다 마시고 빈 잔을 이리저리 흔들면서 중얼거리고 있었다.

"아버님께선 보장태왕을 죽이고 철병호위군까지 이끌고 오시는데 나는 한 게 없어. 아니, 텐쵸오와 쿠로카미, 카류우, 하나요메를 죽게 만들었다. 그리고 순정혈을 생산하는 일이 중단되어 버렸다."

"하지만 어쩔 수 없는 불가항력이었습니다. 상대는 무한런너라서……."

"그렇다면 그놈의 아비를 죽여야지."

오쿠다는 의아한 표정을 지었다.

"무한런너 연달아의 아비라면 연개소문인데 그가 현재에 있습니까?"

"있다. 나는 그자가 이곳 일본에 있다는 사실을 알고 있었다. 결정적인 순간을 위해서 감시만 하고 있었을 뿐이지. 그러나 이제 때가 왔다."

"츠네야마 도노, 설마……."

콰작!

츠네야마의 손에 쥐어져 있던 유리컵이 박살 났다. 하지만 유리조각이 흩어지지도 바닥으로 떨어지지도 않았다.

츠으.

유리컵이 박살 났는데 유리조각 같은 것은 보이지도 않고 그의 펼쳐진 손바닥 위에 하나의 둥근 골프공 크기의 투명하게 빛나는 물체가 올려 있다.

하지만 고체는 아니다. 빛나면서 이리저리 조금씩 일그러지는 것을 보면 액체 상태인 듯하다.

그런데 갑자기 그 물체가 그의 손바닥에서 전방으로 엄청나게 빠른 속도로 날아갔다. 그가 던지지도 않았고 어떤 행동을 취하지도 않았다.

물체가 날아가는 방향에는 하나의 청동 흉상이 있었다. 사람 크기이며 배 윗부분만 있고 팔은 없다.

스퍽!

물체는 청동 흉상에 맞았고 확 퍼지면서 투명한 액체가 청동 흉상 전체를 뒤덮었다.

화륵.

청동 흉상 전체가 투명한 불길에 휩싸였다. 그러면서 청동 흉상이 녹아서 모습이 일그러졌다.

하지만 이상하게도 녹은 청동이 바닥에 떨어지지는 않았다. 청동 흉상이 녹아 액체가 되어 투명한 불길 속에서 같이 타올랐다.

그리고 잠시 후에는 청동 흉상도 투명한 불길도 감쪽같이 사라져 버렸다.

바닥에는 티끌 하나 떨어져 있지 않았다. 마치 아무 일도 일어나지 않은 것 같았다.

"아버님께서 귀환하시기 전에 무한런너 연달아의 아비를 죽여야겠다. 그리되면 아버님께서도 나를 나무라시지는 않을 것이다."

"연달아의 아비가 누굽니까?"

츠네야마는 문 쪽으로 걸어가며 짧게 대답했다.

"후치후미다."

"설마… 그 위대한 후치 사마는 아니겠죠?"

"바로 그다."

쿵!

츠네야마가 나가고 문이 닫혔다.

혼자 남은 오쿠다가 중얼거렸다.

"후치후미가 무한런너의 아버지였다니… 그나저나 후치 사마가 죽으면 일본열도가 발칵 뒤집힐 텐데."

그리고 화면이 끝났다.

치지이 하는 소리를 내다가 화면에는 아무것도 나오지 않는 공백이 됐다.

그리고 차 안도 공백이 됐다. 아무도 입을 열지 않았다. 연달아와 고방아, 아랑은 충격 때문에, 이슬비는 자신의 할 일 운전에만 열중하고 있었다.

연달아와 고방아, 아랑, 이슬비는 지금은 아무 말도 하지 말아야 할 때라는 것을 알고 있다.

지금은 화면을 갖고 와서 보여준 다카하시가 말할, 아니, 물을 차례다.

다카하시는 물을 것이 너무 많을 것이다. 우선 첫 질문은 화면에 나온 내용들이 사실이냐는 것일 게다.

그런데 다카하시의 첫 마디는 모두의 예상을 깼다.

"후치 사마를 구하러 갑시다."

그 말은 화면에 나온, 즉 츠네야마와 오쿠다의 대화를 다 믿는다는 뜻이다.

그래서 의문은 의문대로 남겨두고 지금은 후치, 즉 이리가
수미를 구하는 것이 급선무라는 것이다.

다카하시가 화면의 내용을 믿는다면 그는 많은 사실들을
알게 되는 것이다.

연달아가 고구려의 요동욕살이고 고방아가 보장태왕의
딸, 즉 가연공주라는 것, 그리고 두 사람이 정혼을 했었으며,
그것이 과거 고구려에서의 일이었다는 사실이다.

또한 연달아가 무한런너이며 텐쿄오와 쿠로카미, 카류우,
하나요메를 죽이거나 제압했다는 것, 쿠로카미와 카류우, 하
나요메가 어떤 인물들인지는 모르지만 텐쿄오와 같은 가디언
이라는 사실.

의문은 더 많다. 하지만 지금은 그것들을 거론할 때가 아니
다. 의문을 푸는 것은 시간이 걸리기 때문이다.

"혹시 지금 연달아 씨는 후치 사마, 아니, 아버님을 만나러
가는 길입니까?"

"그렇네."

다카하시의 물음에 연달아는 부인하지 않았다. 그는 지금
까지 다카하시를 겪어본 결과 그가 신뢰할 수 있는 사람이라
고 평가했다.

비밀을 알게 됐다고 해서 그를 죽일 수는 없다. 죽이기에는
아까운 사람이다. 그러지 않으려면 그를 내 사람으로 만들어

야 한다.

그러기 위해서는 무조건 부정하는 것보다는 인정할 것은 인정하는 것이 좋다.

"이것이 언제 일인가?"

연달아가 이미 꺼진 화면을 가리켰다.

"어젯밤 9시 경입니다."

지금은 오전 11시다. 만약 츠네야마가 결정을 내린 즉시 공격을 했다면 지금쯤 이리가수미는 이 세상 사람이 아닐 수도 있다.

연달아는 이슬비에게 물었다.

"얼마나 걸리느냐?"

긴장한 나머지 그의 목소리는 팽팽해졌다.

"20분 정도 소요될 것 같습니다."

"너무 늦다."

아랑이 작은 손으로 언달아의 무릎을 두드리며 재촉했다.

"아버님하고 텔레파시로 연락해 봐요."

'텔레파시' 라는 말에 다카하시는 움찔하며 긴장한 표정을 지었다.

정신이 번쩍 든 연달아는 정면을 쏘아보았다. 정면에 무엇이 있어서가 아니라 정신을 집중하려는 것이다.

'아버님, 소자 달아입니다. 제 말 들리십니까?

그는 머릿속으로 이리가수미를 연상하면서 자신의 생각을 보냈다.

그러나 대답이 없다.

'아버님, 소자 달아입니다.'

다시 한 번 보냈으나 여전히 대답이 없다. 텔레파시가 이리가수미에게 전달되지 않을 리가 없다.

연달아가 마음만 먹으면 어느 누구에게든지 텔레파시를 전할 수 있다.

불과 한 시간 전에는 대한민국에 귀국한 정옥군과 한상희하고도 텔레파시로 대화를 나누었었다.

그런데 차로 불과 20분 거리에 있는 이리가수미하고 연결이 안 될 리가 없다.

그렇다면 이것은 분명히 그에게 무슨 변고가 발생했기 때문일 것이다.

츠네야마 일당이 이리가수미를 공격한 것이 분명하다. 그렇게 생각할 수밖에 없다.

"차를 세워라."

연달아의 말에 이슬비가 즉시 차를 갓길에 세웠다.

"모두 내 몸에 손을 대고 있어라. 그리고 슬비 너는 아버님이 계신 위치를 머릿속으로 생각하고 있어라. 그래야 정확하게 그곳으로 갈 수가 있다."

그러나 이슬비는 그의 말뜻을 이해하지 못했다.

고방아가 손을 뻗어 연달아의 팔을 잡으면서 이슬비를 깨우쳐 주었다.

"워프, 즉 공간이동을 하려는 거야. 그러니까 어서 시키는 대로 해."

"공간이동……."

이슬비에게 한 말인데 놀란 사람은 다카하시다. 그는 텔레파시에 이어서 공간이동을 한다는 말에 경악하는 얼굴로 연달아를 쳐다보았다.

"이곳에 남고 싶지 않으면 모두 달아 몸을 붙잡아라."

고방아의 말에 이슬비와 다카하시는 급히 그의 팔을 잡았다.

그와 동시에 이슬비는 이리가수미의 집 주소와 그가 있는 집 근방을 머릿속으로 연상했다.

고방아와 이랑은 연달아하고 공간이동을 해봤기 때문에 아무렇지도 않았으나 이슬비와 다가하시는 극도로 긴장해서 눈을 동그랗게 뜨고 차 안을 두리번거렸다.

화악!

순간 차 안에 섬광이 가득 찼다. 지독하게 밝아서 도저히 눈을 뜰 수가 없다. 그와 함께 온몸이 수축하는 듯한 느낌이 들었다.

이슬비와 다카하시는 이것이 공간이동을 하는 과정이라고

생각하면서 연달아를 더욱 힘껏 붙잡았다.

크고 웅장한 저택들이 즐비한 주택가의 어느 멋들어진 전통 일본식 저택 앞 도로에 이상한 현상이 일어나고 있었다.
아무렇지도 않던 도로 바닥이 갑자기 직경 3미터가량 동그랗게 밝아졌다.
그것은 커다란 맨홀처럼 생겼는데 마치 땅 자체가 발광하는 것처럼 환하게 빛났다.
그러더니 갑자기 그 땅에서 하늘을 향해 수직으로 둥근 빛줄기가 쭉 뿜어 올랐다.
파아아—
아니, 반대로 하늘에서 땅으로 뿜어진 것처럼 보이기도 했다. 어쨌든 그 빛은 까마득한 하늘로 뻗었고, 굉장히 밝은 서치라이트를 비춘 것 같았다.
그리고는 1초도 지나지 않아서 전등을 끈 것처럼 빛이 감쪽같이 사라져 버렸다.
사아.
빛이 사라진 도로의 둥근 원 안에 한 무더기의 사람이 홀연히 나타났다.
하늘에서 뚝 떨어졌거나 땅속에서 솟아난 것 같은 그들은 바로 연달아 일행이다.

그때 한쪽 방향에서 빠른 속도로 달려오던 승용차 한 대가 도로 한복판에 갑자기 나타난 연달아 일행을 발견하고는 급히 방향을 꺾었다.

끼아악―

그러나 승용차가 향하고 있는 곳은 길가의 전신주였다. 연달아 일행을 피하려다가 사고를 당하게 생겼다. 승용차 안에 타고 있는 남녀가 크게 놀라서 몸을 한껏 뒤로 젖히는 모습이 보였다.

승용차가 전신주와 충돌하기 직전, 불과 30㎝ 정도를 남겨 두고 갑자기 승용차가 뚝 정지했다.

그리고는 바닥에서 1미터 정도 높이 허공으로 둥실 떠올랐다. 그런데도 바퀴는 앞을 향해 맹렬하게 회전하고 있는 중이다.

스으으.

승용차는 허공에 뜬 채 뒤로 느릿하게 뒤로 물리났디.

다카하시는 그 광경을 보고 있다가 뭔가 짚이는 것이 있어서 급히 연달아를 쳐다보았다. 그러나 그는 승용차의 반대쪽 일본식 저택을 응시하고 있었다.

그런데 그에게 꼭 안겨 있는 아랑이 고개를 돌려 승용차를 뚫어지게 주시하고 있는 모습이 보였다.

다카하시가 본 아랑의 모습은 무엇인가에 정신을 집중하고 있는 듯했다. 그리고 눈도 깜빡이지 않았다.

　다카하시가 급히 승용차를 쳐다보자 막 도로에 사뿐히 내
려서고 있었다.
　승용차의 남녀는 공포에 질려서 부들부들 떨면서 연달아
일행을 쳐다보았다. 그런데 갑자기 연달아 일행이 눈앞에서
감쪽같이 사라져 버렸다.

　저택 정문 앞의 도로에서 사라진 연달아 일행은 저택 안 정
원에 나타났다.
　'놔도 된다.'
　연달아가 정신으로 전해준 텔레파시에 모두들 꼭 붙잡고
있던 그의 팔이나 몸을 놓았고, 안겨 있던 아랑도 내려섰다.
　고방아와 이슬비, 다카하시는 재빨리 권총을 뽑으며 날카
로운 눈으로 주위를 살펴보았다.
　하지만 정원에는 아무도 없었고 어디에서도 사람의 모습
은 보이지 않았다.
　'슬비, 이곳에 온 적 있느냐?'
　연달아가 텔레파시를 보내자 이슬비는 입을 열어서 대답
을 하려다가 움찔 놀랐다.
　지금 같은 상황에서는 말을 해서는 안 되기 때문이다. 이곳
에 침입자가 있다면 연달아 일행이 이곳에 왔다는 사실을 알
려주는 꼴이 돼버린다.

그녀는 이곳에 여러 번 와봤기 때문에 잘 안다고 대답을 하고 싶은데 그것을 전달할 방법이 없었다.

'그럼 네가 안내해라.'

그런데 연달아가 이슬비의 생각을 읽은 것처럼 명령을 했다. 순간 이슬비는 깨달았다, 생각을 읽는 것, 그것이 바로 텔레파시라는 사실을.

[이쪽이에요.]

이슬비는 권총을 움켜쥐고 이리가수미의 거처를 향해서 날렵하게 달려갔다.

그런데 너무 늦어버리고 말았다. 오사카 항구에서 공간이동을 하여 단 1초도 걸리지 않아서 도착했지만, 모든 상황은 이미 끝나 버린 후였다.

저택 안에는 시체들이 즐비했다. 연달아 일행이 정원에서 이리가수미의 거처까지 가는 농안 복도와 방 입구에서 여덟 구의 시체를 발견했다. 이슬비의 말에 의하면 그들은 이리가수미의 경호원들이라고 한다.

그들은 하나같이 쓰러진 상태에서 곤히 잠에 빠진 듯이 고요히 죽었다. 흔들어서 깨우면 부스스 털고 일어날 것만 같은 모습이었다.

또한 그들은 한결같이 손에 무기를 지니고 있지 않았다. 품속의 권총을 뽑으려는 시도조차 하지 못한 듯했다. 그것은 그들이 미처 반격할 사이도 없이 순식간에 당했다는 사실의 방증이다.

그리고 마지막으로 이리가수미의 방 미닫이문을 열고 들어갔을 때 연달아 일행은 문밖으로 확 끼쳐 나오는 짙은 피냄새를 맡았다.

안쪽은 일본식의 매우 넓고 긴 다다미방인데, 상좌의 도코노마라고 부르는 보료 위에 한 사람이 책상다리를 한 자세로 단정한 자세를 취한 채 앉아 있었다.

두 손을 무릎에 얹고 허리를 꼿꼿하게 펴고 있으며, 딱 벌어진 어깨와 길고 굵은 팔다리로 볼 때 남자 그것도 건장한 체구의 남자가 분명했다.

특이하게도 그는 일본식 저택의 다다미방에 있으면서도 고급스러운 한복을 입고 있었다.

피는 그 남자의 목에서 흘러내렸다. 하지만 지금은 더 이상 피가 흘러나오지 않고 있다.

이미 죽은 사람은 피를 흘리지 않는다. 목이 잘라져서 머리를 잃은 사람이 살아 있을 리가 없다. 그렇다. 그는 머리를 잃은 상태로 죽어 있었다. 하지만 그의 머리는 실내 어디에서도 보이지 않았다.

이곳까지 오면서 발견한 죽은 사람들은 모두 자는 것으로 착각이 들 정도로 깨끗했는데 이 방안의 광경은 전혀 달랐다. 참혹함 그 자체였다.

실내 바닥에는 핏물이 흥건했다. 다다미 사이로 많이 스며들었을 텐데도 시체 주변에 발을 디딜 곳을 찾기 어려울 정도로 피바다였다.

그 방에는 다섯 구의 시체가 더 있었다. 그 시체들은 보료에 앉아 있는 사내의 주변에 여기저기 흩어진 채 쓰러져 있는 광경이었다.

남자가 세 명, 여자가 두 명이다. 보료에서 죽은 사내까지 치면 남자는 네 명이 된다.

모두 끔찍하게 죽었다. 팔다리가 잘라졌고, 가슴과 복부가 갈라져서 내장이 흘러나왔으며, 머리통이 으깨어져서 형체를 알아볼 수 없을 정도다.

한 가지 공통점이 있다면, 그들 다섯 명은 보료에 있는 사내를 보호하려다가 죽은 것 같은 광경이었다.

연달아 일행은 미닫이문을 양쪽으로 활짝 열었지만 아무도 선뜻 방 안에 들어가지 않았다.

연달아를 제외한 다른 사람들은 이렇게 참혹한 광경은 생전 처음 보았다.

그렇지만 경악하는 표정을 지을 뿐이지 몸을 떨거나 주저 앉아서 토하는 사람은 없었다.

여장부라고 할 수 있는 깡다구의 고방아지만 얼굴이 하얗게 질린 채 입을 반쯤 벌리고 있었다.

아랑과 을지은한은 양쪽에서 연달아의 팔을 가슴에 안고 꼭 붙잡은 채 눈을 동그랗게 뜨고 이를 힘껏 악물었다.

다카하시는 피 냄새 때문에 코를 벌름거리면서 눈을 부릅뜨고 눈동자를 굴리면서 실내의 광경을 이리저리 자세히 살펴보았다.

연달아의 시선은 보료 위에 앉아 있는 머리 없는 사내에게 고정된 채 움직이지 않았다.

그는 그 사내의 머리를 찾지 못했으나 두툼하고 커다란 손과 우람한 체구, 앉아 있는 자세 같은 것을 보고 그가 누군지 한눈에 알아보았다.

그는 고구려 최고의 실력자 대막리지 연개소문, 즉 이리가수미가 분명했다. 바로 연달아의 아버지인 것이다.

머리가 없는 이리가수미를 쏘아보는 연달아의 얼굴이 보기 싫게 잔뜩 일그러졌다.

이윽고 그는 무거운 걸음을 옮겨 천천히 방 안으로 들어갔다. 아랑과 을지은한은 약속이나 한 듯이 잡고 있던 그의 팔을 놓았다. 그가 세 걸음 걸었을 때 그의 발은 온통 피투성이가 되었다.

그 뒤를 고방아와 다카하시가 따랐고, 그리고 아랑과 을지은한이 맨 뒤에 들어섰다.

이리가수미의 앞에 멈춘 연달아의 무릎이 굽혀지면서 서서히 몸이 무너지더니 무릎을 꿇었다. 비통함, 아니, 절통함이 온몸을 엄습했다.

쿵!

그는 요동 오골성에서 당군과 전투를 벌이느라 아버지의 임종을 지키지 못했다.

그런데 21세기 대한민국에 와서야 그 당시에 아버지가 죽지 않았으며 일본, 즉 왜국으로 건너갔었다는 사실과 현재에 다시 연속환생자로서 환생했다는 사실을 알게 되었다.

그뿐만이 아니다. 이리가수미는 예전에 고구려에서 이루지 못했던 중국정벌의 원대한 야망을 21세기에 이루기 위해서 보장태왕과 함께 각고의 노력을 쏟아서 튼튼한 기반을 다져 두었다.

이리가수미와 보장태왕은 런너였다. 두 사람이 어떤 기연을 얻어서 런너가 됐는지는 모른다. 하지만 보장태왕이 연달아를 구하기 위해서 668년의 고구려에 갔다가 다시는 돌아오지 못한 채 묵인자에게 죽임을 당했으며, 이제는 이리가수미까지 죽임을 당하고 말았다.

두 사람은 죽어서도 눈을 감지 못할 것이다. 고구려 제국의 건설을 이루고저 1300여 년의 시공을 넘어서 21세기까지 왔

건만, 끝내 고구려 제국 건설을 보지 못하고 죽었으니 혼이 구천을 떠돌게 될 터이다. 그리고 그들이 다시 환생하는 것은 100년 후가 될 것이다.

그러고 보니까 두 사람 다 연달아 때문에 죽었다고 말할 수 있다. 보장태왕이 연달아를 구하려고 고구려에 가지 않았으면 죽지 않았을 것이고, 이리가수미가 연달아에게 런너의 전능을 물려주지 않았다면 츠네야마 따위에게 당할 리가 없었을 것이다.

머리 없는 이리가수미의 시신 앞에 무릎을 꿇고 앉은 연달아는 비통한 마음을 금할 길이 없었다.

보장태왕과 이리가수미의 죽음은 연달아를 한없이 깊은 절망의 구렁텅이로 빠뜨렸다. 그는 모든 것이 부질없다는 참담한 심정에 사로잡혔다.

"달아, 여기 봐."

그때 고방아가 조심스러운 목소리로 연달아를 불렀다.

그녀가 가리킨 곳을 쳐다보던 연달아는 움찔 놀라는 표정을 지었다.

그곳에는 한 구의 여자 시체가 있으며, 가슴과 복부가 다 터져서 처참한 모습으로 죽어 있었다.

그런데 연달아가 놀란 이유는 그녀가 누군지 알아보았기 때문이다.

"고모님……."

그는 엄청난 충격을 받고 황망한 표정을 지으며 급히 무릎 걸음으로 그녀에게 다가갔다.

눈을 부릅뜨고 어금니를 악다문 모습, 그리고 분통이 터지는 듯 억울한 표정을 지으면서 죽어 있는 25세 정도 젊은 모습의 그녀는 연달아의 스승이자 고모였으며 고구려 수군제독 연수영이 분명했다.

연달아는 고모 연수영이 연속환생자였을 줄은 짐작조차 하지 못했다.

더구나 아버지 이리가수미 곁에 있을 줄은 더욱 몰랐다. 그러나 그녀는 이리가수미의 수호자였던 것이 분명하다. 아니, 그녀와 함께 죽은 네 명도 수호자였을 것이다.

"오빠, 과거로 가."

그때 아랑이 뒤에서 연달아의 어깨에 손을 얹으며 말했다. 그녀는 울면서 연달아의 어깨를 흔들었다.

"방아 언니 살린 것처럼 이번에도 과거로 가면 되잖아."

고방아는 흠칫 놀라는 표정을 지었다. 방아 언니를 살리다니, 그게 무슨 말인가.

'그렇다. 츠네야마가 공격하기 전으로 돌아가면 된다.'

연달아는 정신이 번쩍 들었다.

그런데 그때 을지은한이 연수영 앞쪽의 바닥을 가리켰다.

“오빠, 여길 보세요.”

옆으로 비스듬히 쓰러진 자세로 죽은 연수영의 오른손이 바닥에 닿아 있는 곳이다.

그런데 그곳은 온통 피바다인데 그곳에 어떤 글씨가 쓰여 있었다.

홍건했던 피가 굳어갈 때 글씨를 쓴 것으로 봐서 연수영은 꽤 오랫동안 살아 있었던 것 같았다.

過去之歸來.

희미한 글씨의 내용인즉, 과거로 갔다가 돌아오라는 뜻이다.

이리가수미와 연수영은 연달아가 올 것을 알고 있었다. 그래서 연수영은 죽어가면서 혼신의 힘을 다해 연달아에게 글을 남긴 것이다.

『런너』 제6권에 계속…

斷月劍帝

단월검제

강태훈 新무협 판타지 소설

"나 좀 도와주면
내가 제자가 되어줄게."

당돌한 제자 상천과 그저 그런 사부 종삼의 황당한 만남!

철석같이 신검이라 믿고 익힌 단월검을
진짜 신검으로 발전시킨 검제의 이야기!

**달조차 베어버릴
거대한 검의 신화가 열린다!**

태클
걸지 마!
JO NO TACK!
FUSION FANTASY STORY